Tina Charcoal Burner
Aus dem Ende wird ein neuer Anfang

Herstellung und Verlag
Books on Demand GmbH, Norderstedt
© 2020

ISBN 978752898835

Tina Charcoal Burner

Aus dem Ende wird ein neuer Anfang

Teil 4

Was bisher geschah........................

Kim Webster, Innenarchitektin und Single, flieht nach einer gescheiterten Beziehung nach Irland. Hier verliebt sie sich in Lord Miles of Raven.
Ein harmloser Anfang, der sich steigert und irgendwann das wahre Gesicht von Miles und dessen Unbeherrschtheit und Brutalität gegenüber Kim zum Vorschein bringt.
Unentschlossenheit, Hass und Liebe wechseln ab.
Dann eskaliert es zwischen den Beiden.
Weil Kim ihm nicht die komplette Zuneigung, die er sich erhofft hat, entgegenbringt und seine Eifersucht anstachelt, vergewaltigt er sie aus Rache.
Kim flüchtet, stellt nach Monaten fest, dass sie von Miles schwanger ist und bringt Zwillinge zur Welt.
Auf der Suche nach Geborgenheit gerät sie wieder in seine Fänge und verstrickt sich in gefährliche Abhängigkeiten.
Sie wird erneut zum Spielball seiner Gefühle, in denen Trixi und Helen eine brisante Rolle spielen.
Ob beide zueinander finden, entscheidet sich auf einem Silvesterball, zu dem Kim von Miles eingeladen wird.
Miles macht Kim einen überraschenden Heiratsantrag. Sie hat allerdings Bedenken und verlässt überstürzt die Feier mit Miles bestem Freund......Bill

Als ihr dieser gesteht, dass er nicht homosexuell ist, zweifelt sie erneut an ihrem Verstand und fühlt sich wieder einmal betrogen. Sie verlässt verstört seine Villa, wird von einem Auto erfasst, lebensgefährlich verletzt und erwacht nach fünf Monaten aus dem Koma. Sie erfährt, dass sie ab der Hüfte gelähmt ist und verlässt auch vorerst in diesem Zustand das Krankenhaus im Rollstuhl.
Im Appartement kommt es nach ihrer Ankunft zu einer Eskalation zwischen Miles und Bill, die in einer Schlägerei endet.
Kim lässt sich überreden, wegen ihres Zustandes vorerst im

Schloss zu wohnen.

Sie verfällt Miles, wird erneut zum Spielball seiner Launen und kommt hinter ein Geheimnis, dass sie am Verstand von Miles zweifeln lässt. Und immer wieder kommt Helen mit ins Spiel.

Kim ist mit den Nerven am Ende, begeht aus Verzweiflung einen Selbstmordversuch und verliert dabei das Kind von Miles. Dieser macht ihr Vorwürfe, obwohl sie ihm beteuert nichts davon gewusst zu haben, da sie diesen Schritt sonst nie gewagt hätte. Kim erholt sich langsam wieder, aber kommt nicht über den Tod des Kindes hinweg.

Dann taucht ausgerechnet Jack, der Cousin von Miles auf, umwirbt Kim und diese meint nun entgültig wahnsinnig zu werden.

Miles nutzt einen Nervenzusammenbruch von Kim aus und bringt sie in einem Sanatorium unter. Er entzieht ihr erneut das Sorgerecht. Kim kommt mit Hilfe von Doc Morris bereits am nächsten Tag wieder aus dem Sanatorium frei und erkämpft sich das Sorgerecht zurück. Sie verzeiht Miles.

In den Ruhephasen ohne Streit, die Kim mit Miles erlebt, genießt sie die traute Zweisamkeit und nimmt sogar seinen Antrag zur Verlobung für Halloween an.

Miles beendet das Verhältnis zu Helen und bittet Kim seine Frau zu werden.

Wenige Minuten vor der Hochzeit erwischt Kim, Miles und Helen in eindeutiger Pose.

Völlig geschockt verlässt sie mit den Kindern die Feier und verschwindet wieder nach Deutschland.

Am Flughafen setzt sie eine falsche Fährte, in der Hoffnung, dass Miles sie nicht findet.

Ohne Erfolg, denn Miles hat bereits vorgesorgt........

Das Flugzeug setzte auf der Landebahn auf.

Ich war in Frankfurt gelandet und für diesen Moment erleichtert. Jetzt musste ich nur noch ohne Probleme durch die Kontrolle kommen. Dann konnte ich mein Vorhaben, sämtliche Spuren von mir zu verwischen, umsetzten. Es dauerte einige Zeit, bis alle Formalitäten erledigt waren und ich mein Gepäck in Empfang nehmen konnte.

Aufstöhnend setzte ich mich mit den Kindern in das Flughafenrestaurant und nahm einen kleinen Imbiss zu mir.

Ich hatte gerade den ersten Bissen getan, als mein Handy vibrierte. Ich erschrak und sah mit Entsetzen im Display, dass Miles mich wieder versuchte zu erreichen. Verdammt, an das Handy hatte ich gar nicht mehr gedacht und mir wurde klar, dass ich es sofort loswerden musste, bevor Miles auf die Idee kam mich zu orten. Hektisch schaltete ich es aus und da kam mir eine verrückte Idee.

Vorhin war eine Reisegruppe mit Japanern an mir vorbeigezogen, die auf ihren Abflug warteten.

Ich sah mich suchend um, erblickte die Gruppe und lief mit meinem Handy darauf zu.

Ich fragte auf Englisch, ob mich jemand verstehen würde und ein älterer Herr nickte. Dann erzählte ich die verrückteste Geschichte, die mir wohl je in den Sinn gekommen war.

Ich berichtete, dass ich von meinem Exmann verfolgt wurde und mit den Kindern ständig flüchten musste.

Da man mich außerdem immer wieder über dieses Handy orten würde, ich mir aus finanziellen Gründen kein neues leisten konnte, hätte ich keine Ruhe vor ihm. Ich fragte nach, ob sich einer der Reisenden dazu bereit erklären würde, dass Handy mit nach Japan zu nehmen, um es dort wegzuwerfen. Ich hätte dann eine falsche Fährte gelegt und Gelegenheit in Deutschland unterzutauchen um endlich sesshaft zu werden. Damit ich der Sache etwas Dramatik verlieh, fing ich zu heulen an und deutete Richtung Restaurant auf die Zwillinge.

Der ältere Herr übersetzte seiner Gruppe, was ich gerade erzählt hatte, alle nickten und erklärten sich bereit, dass Handy außer Landes zu schaffen.

Der Witz an der Sache war, dass sie bereits Geld sammelten, damit ich mir ein anderes kaufen konnte.

Ich bedankte mich überschwänglich, dass er mir damit wahrscheinlich das Leben gerettet hatte, löschte die wichtigsten Nummern aus dem Chip und übergab ihm das Handy mit sämtlichem Zubehör. In vier Wochen lief der Flatratvertrag sowieso aus und mir war egal, was damit passierte. Der Flug nach Japan wurde aufgerufen, die Reisegruppe verabschiedete sich und wünschte mir viel Glück.

Ich winkte und eilte dann wieder ins Restaurant zurück, wo ich mich über meine Idee fast totlachte.

Sollten Miles und Helen jetzt versuchen, mich zu orten, würden sie eine bitterböse Überraschung erleben.

So, nun brauchte ich unbedingt ein neues Handy. Ich schaute mich um, erblickte einen Shop und kaufte mir erst einmal ein einfaches Handy mit Prepaidkarte zum Aufladen.

Später würde sich auch jemand finden unter dessen Namen ich es vorerst anmelden konnte.

Ich schnappte meine Koffer und eilte mit den Kindern zum Fernbahnhof, der zweihundert Meter entfernt lag.

Im Restaurant hatte ich mich bereits ausführlich über

die Abfahrtszeiten erkundigt und auch noch Glück, dass in der nächsten Stunde ein Zug nach München-Pasing abfuhr. Von dort aus kam ich per Taxi bequem nach Bogenhausen, in das Haus meines Onkels.

Bogenhausen ist neben Grünwald das Nobelviertel in München. Es ist sehr ruhig und gediegen, und daher sehr beliebt. Genau das war es, was ich auch jetzt nach dieser Odyssee brauchen konnte. Ruhe und Luft zum Durchatmen.
Nach vierstündiger Zugfahrt, völlig entkräftet und hundemüde stieg ich vor dem Bahnhof München-Pasing in ein Taxi und ließ mich nach Bogenhausen bringen.
Ich stieg aus, zahlte und holte aus der Nachbarschaft den Ersatzschlüssel.
Mein Steuerberater hatte ihn für etwaige Notfälle hinterlegt. Die Nachbarin freute sich, mich nach langer Zeit wieder zu sehen und beglückwünschte mich zu meinen beiden Kindern. Ich dankte ihr und versprach morgen alles zu erzählen, da ich im Moment vor lauter Müdigkeit nicht dazu im Stande war und nur noch schlafen wollte. Sie bat mich einen Augenblick zu warten und brachte mir kurze Zeit später eine Notverpflegung für die nächsten zwei Tage.
Ich nahm dankend an, verabschiedete mich und betrat das Grundstück.
Hier hatte sich so gut wie überhaupt nichts verändert.
Mein Steuerberater und die Nachbarn hatten sich um das Anwesen gekümmert und es in Schuss gehalten.
Ich schloss auf, bugsierte die Kids und die Koffer ins Haus und ließ mich im Wohnzimmer erschöpft auf die Couch fallen.
Zoe und Wes gesellten sich zu mir, ich nahm sie in die

Arme und irgendwann mussten wir eingeschlafen sein.

Ein nicht einzuordnendes Geräusch am nächsten Morgen weckte mich und ich schoss desorientiert hoch.

Erleichtert stellte ich fest, dass ich mich im Hause meines Onkels befand, stand langsam auf und folgte dem Geräusch.

Es hörte sich an, als duschte gerade jemand.

Vor der Badezimmertür hielt ich kurz inne und lauschte angestrengt.

Tatsächlich, die Dusche lief und ich konnte mich nicht daran erinnern, diese gestern noch in Anspruch genommen zu haben.

Wer zum Teufel duschte da gerade?

Vorsichtig schlich ich in die angrenzende Küche, holte ein Messer zur Verteidigung aus der Schublade, eilte zurück Richtung Bad, als just in diesem Moment die Tür aufgerissen wurde.

Ich war so überrascht, dass ich erschrocken aufschrie und das Messer fallen ließ.

Ich sah nur, wie mein Gegenüber zusammenzuckte, in Abwehrstellung ging und schon lag ich auf dem Boden.

Er kniete so über mir, dass ich meine Arme nicht mehr bewegen konnte. Schon wieder blickten mich zwei blaue Augen an. Ich stöhnte auf, bemerkte, dass mein Gegenüber nackt war und dachte nur, bitte nicht noch eine Wiederholung. Anscheinend war ich gerade im falschen Film gelandet.

Ich fing schallend das Lachen an und konnte mich nicht mehr beruhigen. Der Typ fragte mich etwas, was ich akustisch vor Lachen nicht verstehen konnte. Als ich keine Antwort gab, kniete er sich mit Nachdruck auf meinen Brustkorb, was ich mit einem Aufschrei quittierte.

Ich realisierte, dass gerade ein Mann ohne besonderen Grund versuchte mir Schmerzen zuzufügen, tickte aus und fing an wie eine Irre zu schreien.

Durch mein Gebrüll schienen die Kids aufgewacht zu sein und erschienen zum Glück auf der Bildfläche.

Völlig entgeistert blickte er erst zu den Kindern und dann wieder zu mir.

„Verdammt! Idiot! Steigen sie von mir herunter, ich bekomme keine Luft mehr. Vor allen Dingen ziehen sie sich etwas an. So erregend ist ihr Anblick auch wieder nicht", keuchte ich.

„Entschuldigung", sagte mein Gegenüber, erhob sich und der Druck auf meinem Brustkorb ließ nach.

Sekunden später reichte er mir seine Hand.

Ich schlug sie wütend weg, setzte mich auf und hielt stöhnend und fluchend meinen Kopf fest. Er reichte mir erneut die Hand, ich ergriff sie diesmal und er zog mich so mit Schwung hoch, dass ich auf ihn aufprallte. Ich war so perplex, dass ich mich Sekunden nicht rühren konnte, seinen nackten Körper an meinem spürte und in sein frech grinsendes Gesicht sah.

Empört stieß ich ihn weg und wurde wieder einmal puterrot im Gesicht.

„Verdammt! Wie sind sie in dieses Haus gekommen? Wer sind sie überhaupt?", blaffte ich ihn an. „Könnten sie sich in Gottes Namen etwas anziehen, bevor ich hier noch blind werde."

Dann drehte ich mich um, schnappte mir die Zwillinge und lief Richtung Küche.

„Sie finden mich anschließend in der Küche zu einer Unterredung!", rief ich zurück.

Ich verdrehte genervt meine Augen, fand diese Situation wieder einmal typisch für mich und gluckste vor mich hin.

Irgendwie hatte diese komische Szene etwas für sich. Der Typ war auch ganz nach meinem Geschmack und hatte ungefähr mein Alter. Kurze braune Haare, blaue Augen, große Statur, muskulös und auch gut an einer bestimmten Stelle ausgestattet.

Ich lief zurück, holte die Tüte der Nachbarin aus dem Wohnzimmer und stieß doch prompt wieder im Gang mit diesem Menschen zusammen.

Er entschuldigte sich mehrmals und war zum Glück angezogen. Ich winkte lachend ab und forderte ihn auf mit in die Küche zu kommen. Während ich die Tüte auspackte, stellte ich fest, dass sich kein Kaffee darin befand. Enttäuscht drehte ich mich in seine Richtung.

„Haben sie zufällig Kaffee? Ich komme sonst nicht in die Gänge", fragte ich.

Er grinste, schritt auf mich zu und reichte mir die Hand.

„Gestatten, Kai Kent und wir können du zueinander sagen", stellte er sich vor.

Ich schaute ihn an und brach erneut in schallendes Gelächter aus.

„Wenn du mir jetzt noch sagst, dass du der Cousin von Superman bist und fliegen kannst, weiß ich, dass ich im falschen Film gelandet bin. Ich schmeiß mich gleich weg", meinte ich unter Lachtränen.

Kai schaute mich entgeistert an und schüttelte seinen Kopf.

„Wieso Cousin, Superman und falscher Film?", fragte er erstaunt.

Ich platzte bald vor Lachen, fand diese Situation so was von bescheuert, bekam wieder Schluckauf und ließ mich auf einen der Stühle in der Küche fallen.

Nachdem ich mich beruhigt hatte, entschuldigte ich

mich bei ihm für mein unmögliches Verhalten.

„Sorry, ich verspreche dir bei Gelegenheit alles zu erklären, warum ich so lachen musste."

Ich stand auf und reichte ihm meine Hand zur Versöhnung.

„Kim Webster und das sind Zoe und Wesley meine beiden Kids", stellte ich uns vor.

„Alles klar. Dann bist du also die Besitzerin dieser Villa, die ich vorhin angegriffen habe", meinte Kai lachend.

„Ja, Kai. Du hast unverschämtes Glück gehabt, dass ich meine Hände nicht frei bekommen konnte. Sonst hättest du jetzt alle zehn Finger in deinem Gesicht und wärst mit Sicherheit auch nicht glimpflich aus dieser Situation gekommen. Wie ich bemerken konnte, beherrscht du ja gekonnt die Selbstverteidigung", gab ich grinsend von mir.

Er reichte mir nochmals die Hand.

„Entschuldige mein rabiates Verhalten. Ich habe rot gesehen, als du mit diesem Messer vor mir gestanden hast. Deshalb diese Maßnahme", bemerkte er.

Kai holte aus dem Küchenschrank den Kaffee und setzte eine Kanne voll auf.

„Hast du Lust mit mir zu frühstücken? Dabei können wir uns unterhalten und ich erkläre dir, was ich hier zu suchen habe."

Ich nickte. So wie es aussah war er schon sehr früh unterwegs gewesen, denn er stellte frische Brötchen und Hörnchen auf den Tisch. Ich setzte die Zwillinge an den Tisch.

„Äh, Kim? Trinken deine beiden Kids auch einen Kakao oder sind sie noch zu klein dafür?", wollte Kai wissen.

Erstaunt blickte ich ihn an und er lachte.

„Also, ich trinke gerne einen und habe deshalb immer welchen im Hause. Soll ich für die Beide welchen mitkochen?"

Ich nickte. Während Kai das Frühstück vorbereitete, setzte ich mich hin und lehnte mich entspannt zurück. Nun hatte ich endlich Gelegenheit ihn sehr sorgfältig zu begutachten. Was ich sah, gefiel mir recht gut. Zu meiner Schande musste ich mir das noch eingestehen.

Knackiger Hintern, breite muskulöse Schultern, an die Frau sich anlehnen konnte.

Sehr sportlich und wie es aussah, schien alles am richtigen Platz zu sein. Ich grinste genüsslich vor mich hin und ließ meiner Fantasie freien Lauf.

Kai hatte anscheinend Augen im Hinterkopf.

„Solltest du mit der Musterung meiner Rückseite irgendwann fertig sein, sage es und dann darfst du vorne weitermachen", gab er frech von sich.

Ich erschrak, fühlte mich ertappt und merkte wie erneut die Röte in mir hochstieg.

Kai drehte sich bewusst langsam um, fixierte mich und fing zu grinsen an.

„Bist du dann mit meiner Vorderseite fertig? Können wir dann frühstücken?", fragte er mich.

Ich holte geräuschvoll Luft und war wieder einmal über soviel Forschheit und Selbstbewusstsein, völlig sprachlos. Kai wollte sich umdrehen.

„Nein! Kai, bleib doch bitte noch stehen. Ich bin noch nicht komplett fertig mit meiner Musterung, um eine endgültige Bewertung für mich selbst abzugeben", meinte ich ganz locker, nachdem ich mich wieder gefangen hatte.

Kai stellte sich in Positur und brach in schallendes Gelächter aus.

„Okay Kim, du bist auch nicht gerade auf den Mund

gefallen und nun steht es 1:1 für beide."

Mir wurde die Sache peinlich, ich stand auf, holte aus dem Schrank Geschirr und Besteck und deckte den Tisch fertig. Als ich mich umdrehte sah ich, dass Kai mich amüsiert begutachtete, wurde schon wieder rot und setzte mich aufgelöst an den Tisch.

Ich fragte mich im Stillen, was mit mir los war, denn eigentlich brachte mich kein Kerl so schnell aus der Fassung.

Kai gesellte sich mit dem Kaffee und dem Kakao zu uns und forderte mich auf zuzulangen. Während des Frühstücks kamen wir dann ins Gespräch und ich wollte wissen, was ihn hierher verschlagen hatte.

„Nun, ich studiere hier Ägyptologie und Koptologie", erklärte mir Kai.

Ich pfiff durch die Zähne.

„Mein lieber Schwan, da hast du dir aber schon einiges vorgenommen", gab ich von mir.

„Ja, leider bleibt mir im Moment nichts anderes übrig als zu studieren. In meinem erlernten Beruf habe ich keine Stelle finden können und mit irgendetwas muss ich mein Geld verdienen."

Das war gerade eine gute Überleitung für mich und ich erzählte ihm meinen Werdegang.

„Genauso erging es mir. Nachdem ich hier keinen Fuß fassen konnte, hatte ich die Option entweder erneut zu studieren oder ins Ausland zu gehen. Ich habe die zweite Variante gewählt und bin nach Irland gegangen. Es war eigentlich ein guter Entschluss gewesen. Bis gestern."

„Warum ausgerechnet nur bis gestern?", wollte Kai wissen und schaute mich an.

„Ich habe kurz vor meiner Trauung, Hals über Kopf das Land verlassen", erklärte ich schluckend.

Kai blickte mich sehr lange an, schwieg und bohrte auch nicht nach. Ich räusperte mich.

„Was hast du denn vorher studiert?", fragte ich.

„Innenarchitekt", bekam ich zur Antwort.

Ich ließ das eben gehörte sacken, fing zu Lachen an bis mir wieder die Tränen kamen und konnte mich nicht beruhigen.

Kai blickte mich an, als wenn ich verrückt geworden wäre und schüttelte nur noch mit dem Kopf.

Nachdem ich einigermaßen herunter gekommen war, erklärte ich ihm meine Reaktion.

„Nun Kai, was meinst du, was ich für einen Beruf habe?"

„Nein! Oder? Das ist wohl der dümmste Zufall, der mir je passiert ist", grinste er mich an.

„Das ist wohl eher Murphys Gesetz, dem ich ständig unterliege. Ab und zu ist es auch einmal positiv, wie gerade eben", gab ich lachend zurück.

Da wir in unserem Element waren, fachsimpelten wir noch eine ganze Zeit und ich stellte fest, dass er ganz auf meiner Wellenlänge lag.

Irgendwann fingen die Zwillinge an zu nörgeln und ich beendete unseren intensiven Redefluss.

„Entschuldige vielmals, dass ich dich gerade zu sehr in Anspruch genommen habe und du fast deine Kids vergessen hast, durch unseren regen Austausch", meinte Kai.

„Kein Problem. Die Unterhaltung war erfrischend für mich nach den ganzen Strapazen. Ich muss mich sowieso erst wieder umstellen. Zoe und Wes hatten bis jetzt eine Nanny und die hat mir viel abgenommen", gestand ich.

„Okay, wenn du heute abends noch Lust hast und die Kids im Bett liegen, werde ich dir gerne noch weiter

Rede und Antwort stehen. Ich denke, so können wir uns etwas besser kennen lernen", schlug er vor.

„Super, ich werde ein leckeres Abendessen kochen. Was isst du den gerne?", fragte ich nach.

„Och, weißt du Kim, ich vertraue dir da voll und ganz und lasse mich einfach überraschen", gab er zurück.

„Die Zutaten dafür kannst du dir aus den Schränken zusammensuchen, der Wein steht im Keller und du kannst dich ganz wie zu Hause fühlen."

Über diesen witzigen Einwurf musste ich herzhaft lachen und räumte den Frühstückstisch ab.

Währenddessen verzog sich Kai in die Oberetage und ich überlegte, was ich heute alles unternehmen konnte.

Kam dann zu dem Entschluss, den Tag mit den Kids einfach nur zu genießen.

Die Läden waren sowieso geschlossen und so konnte ich mit meinem neuen Mitbewohner besprechen, wer, wo schlief.

Ich versank in meine Gedanken und mir fiel auf, dass ich Kai sehr mochte und es mir auch nicht im Geringsten etwas ausgemacht hatte, als er vorhin nackt auf mir gesessen hatte. Im Gegenteil, es hatte mich amüsiert und an die Geschichte im Kavaliershaus erinnert, als ich damals nackt vor Miles stand. Als mir dieser Name durch den Kopf schoss, lief die ganze Geschichte noch einmal im Zeitraffer an mir vorbei und ich verfiel wieder in meine berühmte Starre, was zur Folge hatte, dass ich komplett abschaltete.

Nachdem ich wieder zurück war, wunderte ich mich, warum ich im Wohnzimmer auf dem Sofa saß. Ich konnte mich nicht daran erinnern, dass ich jemals in so einer Situation wie eine Schlafwandlerin gehandelt hatte. Schon gar nicht nach dieser besonders schweren Kopfoperation. Im Stillen dachte ich, dass sich Doc wohl verrechnet hatte und ich weiterhin in dieses Schema verfiel.

Im gleichen Augenblick betrat Kai den Wohnraum.

„Schön Kim, dass du wieder zurück bist. Ich habe dich vor ungefähr einer Stunde, völlig abwesend in der Küche vorgefunden und dich ganz langsam hierher verfrachtet. Eine Bekannte hat das gleiche Problem und so war es für mich ein leichtes gewesen, richtig zu handeln."

Ich guckte ihn wohl recht dumm an.

„Wo sind denn Zoe und Wesley solange verblieben?", wollte ich wissen.

„Die Kids sitzen im Atelier bei mir und beschmieren mit Fingerfarben eine meiner Leinwände", bekam ich zur Antwort.

„Danke Kai, dass du Kindermädchen gespielt hast. Eigentlich könntest du mir ein paar vorangegangene Arbeiten von dir zeigen."

Den Weg ins Atelier kannte ich und als ich Zoe und Wes sah, traf mich bald der Schlag. Die beiden hatten anscheinend in Farbe gebadet, denn sie schimmerten von oben bis unten in allen Nuancen und waren nicht mehr zu erkennen.

Kai lachte über ihren Anblick.

„Toll, sehr kreativ die beiden. Okay macht nix, so wie sie aussehen. Ich helfe dir dann die beiden in der Wanne wieder zum Vorschein zu bringen."

Ich war erstaunt und dachte mir, dass Kai einfach nur unkompliziert war, alles locker nahm und der ganz krasse Gegensatz zu Miles war. Dieser Name ließ mich fast wieder in Agonie verfallen und ich merkte nicht, dass mir unbewusst Tränen über die Wangen liefen.

Kai sprach mich an, ich schrak zusammen und sah seinen fragenden Blick.

Ich schüttelte den Kopf, wischte mir dir Tränen aus den Augen und zog geräuschvoll meine Nase hoch.

Dann lief ich auf die Zwillinge zu.

„So, nun ist Badezeit und anschließend Schlafenszeit", gab ich von mir.

Beide protestierten mit Nachdruck, warfen sich zu Boden und weigerten sich wieder aufzustehen. Ich hatte ziemliche Mühe, Zoe und Wes unter Kontrolle zu bekommen und bemerkte, dass ich meine Kinder eigentlich gar nicht richtig kannte und diese in letzter Zeit nur mal so, neben mir mitgelaufen waren. Diese Erkenntnis ließ mich erneut in Tränen ausbrechen und ich setzte mich entnervt zu ihnen auf den Boden.

Kai schien auch ohne große Erklärung die Situation erfasst zu haben und brachte es doch tatsächlich fertig, dass Zoe und Wes, ihm ohne Murren ins Bad folgten.

Ich blieb einfach nur sitzen, mir war gerade alles egal und ich merkte wieder einmal, dass ich wirklich nur am Kämpfen war, um dieses beschissene Leben in den Griff zu bekommen.

Verzweifelt hielt ich mir die Hände vor die Augen und fragte mich, wie lange meine Nerven diese Strapazen noch aushalten würden. Vielleicht wäre es doch besser gewesen, wenn ich die Zwillinge bei Miles gelassen hätte.

Ich war ja nicht einmal fähig und völlig überfordert, sie wegen einer Kleinigkeit wie eben, unter Kontrolle zu bekommen.

Irgendwann tippte Kai mir auf die Schulter und teilte mit, dass die Kids wieder sauber waren.

Er hatte sie bereits umgezogen.

„Kim? Hast du Lust mir beim Kochen zu helfen."

Ich blickte hoch, nickte, stand auf und Kai folgte mir in die Küche.

Zoe und Wes saßen bereits in ihren Schlafanzügen am Tisch und schauten mich mit großen Augen an. Ich schluckte, knuddelte sie und dachte bei mir, dass sie am wenigsten dazu konnten, wenn mir zurzeit wieder alles aus dem Ruder lief. Kai stand etwas abseits und beobachtete mich schon eine ganze Weile und als ich ihn anblickte, lächelte er mir zu.

Schnell wandte ich mich ab und merkte wie mir erneut die Röte ins Gesicht stieg.

„Haben die Zwerge vielleicht Lust auf Chocopops mit Milch? Ich habe etwas vorbereitet", hakte Kai nach.

„Eines ihrer Lieblingsessen", gab ich von mir.

Kai stellte ohne Kommentar zwei kleine Schüsseln auf den Tisch. Zoe und Wes quietschten vergnügt auf und machten sich mit Heißhunger darüber her.

Ich lachte und da ich mit Kai noch nicht geklärt hatte, wo wer schlief, fragte ich nach.

„Kim, oben stehen genügend Zimmer zur Verfügung. Ich erlaubte mir das vordere als Schlafmöglichkeit zu nutzen und hoffe, dass es dir so recht ist."

Das vordere Zimmer war früher meines gewesen, hatte sicher noch das breite gemütliche Bett und war auch sonst das schönste, weil gegenüber ein Bad lag.

„Kein Problem, Kai. Ich werde mich auf die restlichen Räume konzentrieren", erklärte ich ihm.

Die Zwillinge waren fertig mit Essen und gähnten bereits vor sich hin. Kai schnappte sich Wesley, marschierte Richtung Oberetage und ich kam mit Zoe hinterher.

Als ich Kai ins Gästezimmer folgte, blieb mir vor Überraschung der Mund offen stehen.

Er hatte nachmittags den ganzen Raum umgeräumt und umgestaltet, denn das Zimmer war mit bunten Tüchern und Bildern ausgestattet und strahlte eine gemütliche Wärme aus.

Ich grinste und dachte mir, dass man gleich merkte, dass hier ein Innenarchitekt am Werk gewesen war.

Kai wollte wissen, ob ich mit seinem Kunstwerk einverstanden wäre und ich nickte begeistert.

Die Zwillinge schauten sich mit großen Augen in dem Raum um und er schien ihnen ebenfalls zu gefallen.

Kai legte Wesley auf eine Riesenmatratze und ich Zoe daneben. Wie zufällig streiften sich unsere Arme, mir ging diese Berührung durch und durch und ich dachte an Miles.

Ich legte meinen Kopf in den Nacken, atmete tief ein und schloss für einen Augenblick meine Augen.

Als ich sie wieder öffnete schaute ich genau in Kais blaue Augen.

„Alles okay bei dir, Kim? Oder verfällst du wieder in deine Starre."

Ich räusperte mich.

„Nein, alles im grünen Bereich", warf ich ein und gab den Kids einen innigen Kuss.

„Hallo", schaute mich Kai lachend an, „so einen werde ich mir nachher kurz vor dem Zubettgehen auch abholen."

Diese Ansage hätte er besser nicht von sich geben sollen. Ich stöhnte auf, dachte an die Zeiten mit Miles, mir schossen die Tränen in die Augen und ich rannte wie vom Teufel verfolgt aus dem Raum in Richtung Wohnzimmer. Dort setzte ich mich vor die Couch, zog meine Beine an und heulte nur noch vor mich hin. Ich fluchte innerlich und gestand mir ein, dass die Angelegenheit Miles, noch lange nicht abgeschlossen war. Kai kam etwas später nach und setzte sich, ohne ein Wort von sich zu geben, neben mich. Seine Nähe strömte irgendwie Ruhe aus und ich beruhigte mich nach einiger Zeit wieder.

„Sorry Kai, für meinen Gefühlsausbruch und hast du vielleicht ein Taschentuch?", fragte ich schniefend.

Kai griff in seine Hosentasche und reichte mir eine ganze Packung.

„Ja, aber bitte sparsam damit umgehen, es ist meine letzte für solche Fälle", meinte er lachend.

Ich musste trotz dieser bescheuerten Situation grinsen und dankte ihm.

„Ich habe eine Pizza bestellt, Kim. Mit dem Kochen wird es wohl nichts mehr und eigentlich müsste sie gleich geliefert werden", erklärte er mir nach einem Blick auf seine Armbanduhr.

Die nächste Sache, die mich aufregte und an Miles denken ließ.

Ich heulte erneut los. Diesmal nahm mich Kai einfach in die Arme und tröstete mich, indem er mir sanft über den Rücken strich.

Es klingelte, ich erschrak und Kai fragte nach, ob er mich für ein paar Minuten alleine lassen konnte, um die Pizza entgegen zu nehmen.

Ich nickte, er stand auf und verschwand. Mein Gott, ich musste ja wie eine hysterische, verheulte Zicke auf ihn wirken und schämte mich wieder fast zu Tode.

Er kam zurück.

„Willst du lieber hier essen oder in der Küche, Kim?"

„Es ist mir ganz recht, wenn wir hier im Wohnzimmer essen", erwiderte ich.

Kai legte die Pizzabehälter auf den Wohnzimmertisch und verschwand, um Wein zu holen.

Nachfragend ob uns zwei Flaschen reichen würden, bejahte ich und grinste vor mich hin, denn mit Sicherheit hatte ich morgen wieder einen dicken Kopf.

Ich lief in die Küche und holte die passenden Gläser

zum Wein. Auf halbem Weg zurück, stieß ich fast mit Kai zusammen und wir mussten beide lachen. Kai ließ mir dem Vortritt, ich stellte die Gläser auf den Tisch und setzte mich wieder auf den Fußboden vor die Couch. Kai tat es mir gleich und so saßen wir Schulter an Schulter zusammen. Er entkorkte die Weinflaschen und schenkte ein.

Wir stießen an und ich leerte das erste Glas mit einem Zug.

Kai schaute mich schräg von der Seite an und erwähnte beiläufig, dass ich ein schöner Schluckspecht wäre. Ich musste lachen und hielt ihm mein Glas hin.

Grinsend goss er die Gläser erneut voll. Nach dem vierten Glas hatte ich schon wieder genug und verfiel wieder in mein altes Schema.

Als ich fordernd Nachschub wollte, bremste Kai mich aus.

„Nein! Kim du hast genug und musst etwas essen", gab er bestimmend von sich.

Ich schüttelte den Kopf.

„Jetzt! Sofort!", meinte ich.

Kai verweigerte mir den Wein.

Das hätte er besser nicht tun sollen. Ich verlor meine Beherrschung.

„Was zum Teufel denkst du dir eigentlich? Du bist genauso ein beschissener Macho, wie alle meine Exfreunde. Es fehlt nur noch, dass du anfängst mich zu prügeln und zu vergewaltigen. Heute früh hast du bewiesen wie gewalttätig du sein kannst. Anscheinend sind aller guten Dinge drei und jeder Kerl meint mit mir machen zu können, was er will. Ich kann selber entscheiden, wie viel ich vertrage! Verdammt!", brüllte ich.

Dann schlug ich auf ihn ein.

Kai schaute mich völlig entgeistert an und hielt meine Arme fest.

Er zog mich an sich, nahm mich in den Arm und forderte mich auf ihm zu erzählen was mir in der Vergangenheit widerfahren war.

Ich erzählte Kai meine Lebensgeschichte bis zum heutigen Tag.

Er war danach mehr als bestürzt, ziemlich blass und man merkte, dass er das eben gehörte erst einmal sacken lassen musste.

„Kim, du scheinst ziemlich viel durchgemacht zu haben. Wie kann ein Mann, einer Frau so etwas antun. Vor allen Dingen, wenn er sie angeblich liebt. Jetzt kann ich dein aggressives Verhalten gut einordnen. Bedenke, dass du durch den Alkoholgenuss deinen Frust nicht auf ewig kompensieren kannst. Für den Augenblick mag er zwar in Vergessenheit geraten, aber am nächsten Tag holt dich alles gnadenlos ein."

„Kai, es ist mein einziger Trost für den Moment und ich weiß selbst, dass es nicht richtig ist. Es lässt mich auch die Situation Miles vergessen. Ich bin immer noch nicht darüber hinweg, dass er mir so etwas antun konnte. Ausgerechnet am Tag unserer Hochzeit. Die ganzen Monte vorher waren wir glücklich, bis Helen wieder aufgetaucht ist. Zum Glück bin ich dahinter gekommen. Die einzigen die darunter wieder leiden müssen, sind die Zwillinge. Ich habe alles versucht und ertragen, um Miles für mich zu gewinnen. Was stimmt mit mir nicht, dass mich jeder Mann so mies behandelt."

„Kim, mit dir stimmt alles. Es liegt an den Männern, die du dir aussuchst. Ich denke, viele ertragen es nicht, dass auch eine Frau intelligent sein kann und ihren Mann, in dem Sinn steht. Viele haben ein Problem damit, dass eine Frau über mehr Wissen verfügen kann als Mann selbst. Genau das ist der Punkt in diesem Spiel. So, aber nun will ich dir erklären wie ich in dein Haus gekommen bin. Es war wirklich ein dummer Zufall, dass ich dieses Objekt mieten konnte. Ich habe lange gesucht und über Internet ein Inserat aufgegeben. Tage später rief der Immobilienmakler an und meinte, dass er genau das Richtige für mich hätte. So hatte ich Glück, dass diese Villa zur Vermietung stand und auch nicht so teuer in der Miete gewesen ist. Ich habe mit dem Immobilienmakler einen Deal gemacht, dass, wenn ich hier alles in Schuss halte, noch mal ein Preisnachlass drin wäre. Und nun bin ich hier."

„Na wenigstens einer, der Glück hatte", gab ich lachend von mir. „Du kannst gerne bleiben und mir zur Hand gehen, Kai. Wir werden uns schon einig und ich kann Hilfe gebrauchen."

„Okay! Kim, auf gute Zusammenarbeit", grinste er mich an und reichte mir die Hand.

Ich schlug ein und somit hatte ich unvorhergesehen, wieder ein Mannsbild im Haus.

Kai und ich unterhielten uns recht lange an diesem Abend und er versprach mir, mich bei den Kids zu unterstützen, wenn er gerade mal nicht zur Uni musste. Ich freute mich und hoffte, dass ich nun endlich zur Ruhe kommen würde.

Die nächsten Wochen vergingen ohne Probleme. Die Zwillinge und ich, hatten uns soweit gut akklimatisiert und nun versuchte ich mir etwas aufzubauen. Ich hatte schon vorsichtig meine Fühler ausgestreckt und ein rentables Objekt gefunden, um mein Architekturbüro zu eröffnen. Ich fackelte nicht lange, der Vertrag war schnell unterzeichnet und ich hatte so ratzfatz, eine günstige Immobilie ergattert.

Nun brauchte ich Angestellte und einen solventen Geschäftspartner, der mit einsteigen würde.

Kai unterstützte mich, so gut er konnte und schnell florierte meine Geschäftsidee.

Die ersten gut zahlenden Kunden hatte ich bereits an Land gezogen und ich konnte mein Glück erst gar nicht fassen. Sollte ich es endlich geschafft haben und auf der Sonnenseite stehen? Ich hoffte es und nahm zur Belohnung eine kleine Auszeit. Die Zwillinge sollten nach den ganzen Strapazen, die ich hinter mich gebracht hatte, auch etwas von mir haben. Zum Glück war mein Geschäftspartner Stefan, auf den ich auch aus Zufall gestoßen war und unsere Angestellten ein Superteam und versprachen mir, die Wochen in denen ich nicht vor Ort war, den Laden alleine zu schmeißen. Leider sollte man sich nie zu früh freuen.

Einige Tage später bekam ich von Stefan einen Anruf.

„Kim, kannst du kurzfristig erscheinen? Ich habe hier einen neuen Auftraggeber, der dich aufgrund von Empfehlungen kennen lernen möchte. Das Objekt scheint ziemlich groß zu sein und soll nur von dir ausgeführt werden", erklärte er mir.

„Wieso ausgerechnet von mir? Welches Objekt und wo?", fragte ich stirnrunzelnd nach.

„Keine Ahnung, Kim. Komm einfach vorbei und dann sehen wir weiter", antwortete er.

„Okay, ich bin in einer halben Stunde da, bis gleich", gab ich zurück und drückte ihn weg.

Eigenartig, dass ausgerechnet nach mir verlangt wurde. Ich konnte mir keinen Reim daraus machen, beeilte mich ins Büro zu kommen und war neugierig, wer sich hinter diesem geheimnisvollen Auftraggeber verbarg.

Kurz darauf kam ich im Geschäft an und sah ihn

bereits im Foyer mit dem Rücken zu mir stehen.

Irgendwie kam mir diese Statur bekannt vor und gerade als Stefan den Namen nennen wollte, drehte sich das Gegenüber um.

„Miles!", war das einzige was mir in diesem Moment entrutschte.

Alles in mir schrie auf, ich stand wie erstarrt, mir wurde schlecht und ich sah nur noch in das tief seiner blauen Augen.

Stefan starrte mich erstaunt an.

„Kim? Kim? Ist das dieser Miles, von dem du mir erzählt hast?", fragte er mehrmals.

Miles grinste mich wissend an und blickte dann in Stefans Richtung.

„Ich habe bereits mit Kim in Irland Bekanntschaft geschlossen. Sie liegt mir am Herzen und gilt dort als eine der besten Innenarchitektinnen", erklärte er ihm nebulös.

Wie geplättet stand ich da.

Ich stotterte und kam in Erklärungszwang.

„Ja, Stefan, das ist Miles und der Vater meiner Kinder. Genau dieser Miles, von dem ich mich kurz vor der Hochzeit getrennt habe. Aber das hatte ich dir bereits im Vorfeld angedeutet", warf ich in seine Richtung.

Dann drehte ich mich auf dem Absatz um und rannte wie vom Teufel verfolgt nach draußen.

Ich verstand die Welt nicht mehr und hatte das Gefühl langsam aber sicher wahnsinnig zu werden.

Nahm denn diese ganze Geschichte kein Ende?

Ich drückte zitternd den Aufzugsknopf, stieg ein und fuhr in die Kantine im Erdgeschoss. Ich brauchte jetzt dringend einen starken Kaffee, suchte mir einen Tisch ganz am Ende, wo mich nicht jeder sah und setzte mich.

Aufstöhnend schloss ich meine Augen und stützte meinen Kopf auf.

Die alte Geschichte kam wieder durch und ich brach in Tränen aus. Miles hatte mich nun gefunden und ich wusste nicht, was er weiter mit mir und den Kindern vorhatte.

Ich war überzeugt, dass er mit Sicherheit nicht ohne Eigennutz erschienen war.

Meine Zukunft zerplatzte in diesem Moment wie eine Seifenblase. Ich war mir sicher, dass Miles mich gezielt gesucht hatte.

Nur? Wie konnte er mich in dieser kurzen Zeit so schnell finden?

Ich hatte doch keine Anhaltspunkte hinterlassen. Die Bedienung brachte mir den Kaffee und riss mich aus meinen Überlegungen.

„Geht es ihnen gut, Miss Webster?", fragte sie besorgt. Ich nickte, zahlte und bedankte mich.

Während ich die Tasse anhob, um zu trinken, zitterte ich so stark, dass ich den ganzen Kaffee verschüttete.

Genervt stöhnte ich auf und stellte die Tasse wieder auf den Tisch zurück, als ich einen Schatten neben mir bemerkte. Ich ahnte schon wer es war.

Langsam sah ich nach links und blickte Miles direkt ins Gesicht. Dieser fixierte mich ziemlich lange.

„Darf ich mich zu dir setzen, Kimi?", fragte er.

Ich holte tief Luft, stöhnte auf über die Vertrautheit, mit der er meinen Namen aussprach und mir wurde klar, dass ich ab heute nun öfters mit Miles an einem Tisch sitzen würde.

Ich nickte und er setzte sich mir gegenüber.

„Wie geht es dir, Kim?", wollte er wissen.

„Den jetzigen Umständen entsprechend, nicht mehr so gut. Und weißt du was, Miles? Ich hasse meine

Tränen, denn sie verraten immer noch meine Gefühle für dich", gab ich gepresst von mir und schluckte.

Miles langte über den Tisch und wischte mir behutsam die Tränen vom Gesicht weg. Ich zuckte zusammen, hätte am liebsten seine Hand ergriffen und länger an meine Wange gehalten. Seine Berührung hatte wieder alle Gefühle für ihn in mir aufkochen lassen. Gequält stöhnte ich auf, setzte mich im Stuhl zurück und legte meine Hände vors Gesicht. Mein ganzer Körper lief auf Hochtour und ich verging bald, vor Sehnsucht nach seinen früheren Streicheleinheiten.

Meine innere Stimme warnte mich und ich ballte meine Hände zu Fäusten.

„Was suchst du hier und wie hast du mich gefunden? Ich habe doch alles Mögliche versucht, damit du mich nicht finden kannst?", fragte ich.

Miles sah mich lächelnd an.

„Kim, ich hatte dich gar nicht verloren", erklärte er mir.

Ich stutzte, verstand den Sinn seines Satzes nicht und fragte noch einmal recht dumm nach.

„Nun Kim, ich wusste vom Anfang deiner Flucht bis zur Ankunft in München-Bogenhausen immer genau wo du warst", teilte er mir mit.

Ich schaute ihn verständnislos an und kapierte immer noch nicht.

„Kai ist auf dich angesetzt worden", gab er preis.

Nein, schrie alles in mir auf, bitte nicht auch noch Kai.

Nun wurde mir auch klar, warum er mir nie zu nahe gekommen und diskret in bestimmten Situationen ausgewichen war. Ich musste das Gehörte erst einmal verdauen und bat Miles am heutigen Abend zu einem ausführlichen Gespräch, zu mir nach Hause.

„Nun Miles, da Kai zum Verräter an mir geworden ist,

weißt du ja sowieso, wo ich wohne und somit kannst du heute gegen zwanzig Uhr erscheinen. Bevor die Sache weiter eskaliert, ist es gut, wenn wir endgültig reinen Tisch machen", erklärte ich ihm.

Miles nickte und stand auf.

„Okay Kim, ich verspreche dir pünktlich zu kommen. Es ist jetzt wohl besser, wenn du in der Chefetage erscheinen würdest, um die geschäftlichen Dinge mit mir zu regeln."

Ich nickte stand auf und fuhr mit Miles im Aufzug wieder nach oben.

Er musterte mich grinsend.

„Kim, super siehst du aus. Noch schärfer als früher und ich hoffe nur für dich, dass die Aufzüge hier im Haus regelmäßig kontrolliert werden, nicht damit wir plötzlich stecken bleiben", erwähnte er so nebenbei.

In mir brach Panik aus, denn ich verstand auch so den Hintergedanken, den Miles nicht laut aussprach.

Ich drückte den Knopf für die nächste Etage. Der Lift hielt, ich drehte mich um und sah Miles erstauntes Gesicht.

„Miles, die letzten drei Stockwerke werde ich zu Fuß bewältigen und du kannst gerne oben vor dem Aufzug auf mich warten. Somit schließen wir die Gefahr aus, dass du bei einem eventuellen Stopp des Aufzugs in eine prekäre Situation gerätst", machte ich ihm klar und verließ den Lift.

Die Lifttür schloss sich und ich atmete erleichtert aus.

Was dachte Miles sich eigentlich? Meinte er, ich sprang ihn jetzt und sofort begeistert an, nachdem was alles passiert war? Gerade war ich mit meinen Gefühlen wieder einigermaßen ins reine gekommen und nun tauchte er auf und brachte wieder alles in mir zum Ausbruch. Ich schüttelte verwirrt den Kopf, verfluchte

Kai und würde ihm wenn ich nachhause kam, ein paar klärende Worte sagen. Als ich oben ankam, stand Miles bereits mit meinem Geschäftspartner zusammen und unterhielt sich mit ihm.

Beide drehten sich in meine Richtung.

„Ist alles in Ordnung bei dir? Du siehst ziemlich blass aus Kim?", fragte Stefan.

„Alles okay, wir können jederzeit das Geschäftliche weiterführen", signalisierte ich nickend.

Wir betraten wieder die Büroräume und im Laufe des Gespräches kristallisierte sich heraus, dass ich für Miles in seiner Heimatstadt ein riesiges Hotelprojekt ausstatten sollte.

In mir verkrampfte sich alles und meine Gedanken überschlugen sich.

Einerseits war dieser Auftrag eine Supervitaminspritze für unser Unternehmen, andrerseits sträubte sich alles in mir.

Ich schaute Stefan bittend an.

„Kann ich bis morgen früh eine Bedenkzeit haben, Stefan? Ich muss aus den gegebenen Umständen heraus erst einiges mit Miles abklären und entscheide dann, ob ich annehme oder nicht", sagte ich.

Stefan nickte verständnisvoll. Er war teilweise über meine Beziehungskrise eingeweiht und meinte, dass ich mir ruhig Zeit lassen sollte. Nachdem alles soweit besprochen war, verkündigte ich, dass ich etwas eher nach Hause ging.

Stefan verstand und wünschte mir noch einen schönen Resttag.

Ich winkte ab und sah zu, dass ich schnell verschwand.

Miles verabschiedete sich ebenfalls und folgte mir.

Mir war schlecht, ich merkte, dass ich das Zittern anfing und unruhig wurde.

Auf keinen Fall wollte ich mit Miles erneut im Aufzug nach unten fahren und wartete, bis er eingestiegen war. Dann drehte ich mich um und benutzte das Treppenhaus, um in die Tiefgarage zu gelangen. Ich ließ mir sehr viel Zeit, in der Hoffnung, dass er dann bereits verschwunden war.

Ich öffnete die Tür zum Parkhaus und da stand Miles und wartete auf mich.

Ich erschrak, starrte ihn an und war wie gelähmt.

„Kim, würdest du mich auf einen Kaffee begleiten, um bereits im Vorfeld einiges für das heutige Gespräch abzuklären?", fragte mich Miles räuspernd.

Ich atmete hörbar aus und fühlte mich in die Enge getrieben, was Miles vortrefflich beherrschte.

„Nein! Ich werde mit dir jetzt kein Gespräch führen, da ich absolut nicht will. Erscheine heute abends wie ausgemacht, denn es reicht bereits jetzt schon wieder, dass du mich überrumpelt und erneut vor vollendete Tatsachen gestellt hast", sagte ich bestimmend.

„Kim, du hast dich zu deinem Nachteil verändert und bist überhaupt nicht mehr so kooperativ wie früher", stellte Miles erstaunt fest.

Ich lachte kurz auf.

„Das liegt wohl an dem Umstand deines Erscheinens. Zum Glück lernt Frau aus ihren gemachten Fehlern der Vergangenheit", erwiderte ich.

Nach diesen Worten drehte ich mich um und lief zu meinem Auto.

Unterwegs hatte ich das Gefühl, dass mir die ganze Energie innerhalb der letzten Minuten abgesaugt worden war.

Ich fühlte mich schrecklich und ahnte, dass es heute zur endgültigen Entscheidung zwischen mir und Miles kommen würde.

Ich hatte eine schreckliche Vorahnung und wusste bereits jetzt schon, dass ich mich entweder zu einem Kompromiss für das Angebot von Miles durchringen musste oder ich würde die Kids verlieren.

Entnervt stieg ich in meinen Wagen, fuhr aus dem Parkhaus und irrte ungefähr noch eine Stunde ziel- und planlos in der Gegend herum.

Tausende Gedanken schwirrten mir durch den Kopf und ich kam zu keinem logischen Ergebnis. Entnervt fuhr ich nachhause, um jetzt erst einmal das Thema Kai in Angriff zu nehmen. Außerdem war ich sicher, dass Miles bereits vorgesorgt hatte.

Kaum befuhr ich die Einfahrt meines Grundstückes, als ich bereits Kai vor der Haustür stehen sah. Wie es schien, hatte er mich bereits erwartet. Ich schluckte als ich ihn erblickte, parkte, stieg ganz langsam aus und war völlig leer und ausgebrannt.

Ganz lange schaute ich Kai an und bat ihn auf ein Gespräch in die Küche.

Er folgte mir, setzte sich an den Küchentisch und ich schenkte Kaffee ein.

Es vergingen Sekunden des Schweigens.

„Kai, ich denke du weißt bereits Bescheid und bitte um eine Erklärung deinerseits."

Er schluckte, schloss kurz die Augen und sah mich dann an.

„Kim, es tut mir leid und ich möchte mich für mein mieses Verhalten entschuldigen", setzte er an.

Ich unterbrach ihn.

„Kai, spar dir deine langen Vorreden. Ich bin es von Männern gewohnt nur enttäuscht zu werden. Auch du hast dich gerade mit eingereiht und ich habe es satt, mich nur noch verarschen zu lassen. Gerade von dir hätte ich das am wenigstens erwartet. Ich habe dir vertraut und gehofft endlich einen guten Freund, nach meiner ewig langen Odyssee gefunden zu haben. Nun verstehe ich auch, warum du dich distanziert verhalten und einige persönliche Details über mich gewusst hast. Wie blöd war ich eigentlich dir zu vertrauen. Ich hätte es doch an diesen Kleinigkeiten merken müssen. Nun, was soll es. Miles kommt heute abends vorbei, um alles aufzuklären und ich möchte dich bis dahin nicht mehr sehen. Ich hege keinen Hass gegen dich, denn du bist genauso zum Werkzeug von Miles geworden, wie ich auch."

Kai nickte geknickt.

„Ich verstehe, Kim und habe meinen Koffer bereits gepackt. Ich werde innerhalb der nächsten Stunde verschwunden sein und wollte mich nur noch bei dir entschuldigen, dass ich dein Vertrauen, dass du mir geschenkt hast, so schäbig missbraucht habe. Ehrlich geschockt bin ich darüber gewesen, als du mir von den Brutalitäten, die dir Miles entgegenbrachte, erzählt hast. Am liebsten hätte ich mit diesem verdammten Spiel aufgehört, denn Miles hatte mir die Stelle, als er dich vergewaltigte, nicht preisgegeben."

Ich lachte auf.

„Weißt du was Kai, ich bin es gewohnt missbraucht zu werden, egal in welcher Angelegenheit. Das tut zwar furchtbar weh, aber ich habe mich daran gewöhnt", erwiderte ich.

Kai trank schweigend seinen Kaffee, stand dann auf, verabschiedete sich bei mir, wünschte mir und den Zwillingen viel Glück, dann ging er. Ich schloss meine Augen und brach wieder einmal heulend zusammen.

Die Zwillinge meldeten sich kurze Zeit später aus ihrem Mittagsschlaf und ich erklärte ihnen, dass wir heute abends Besuch von Papa bekommen würden.

Zoe und Wesley freuten sich und deuteten auf das Bild auf dem Nachttisch. Der restliche Nachmittag verlief gar nicht gut für mich und als der Zeitpunkt nahte, das Miles erscheinen sollte, war ich fix und fertig.

Die Zwillinge saßen im Wohnzimmer und spielten.

Ich verbrachte schon einige Zeit in der Küche und als es klingelte schrak ich zusammen.

Schluckend stand ich auf, bereit mich Miles zu stellen und öffnete die Haustür. Miles begrüßte mich, ich bat ihn herein und lief voran ins Wohnzimmer.

Zoe und Wesley schauten erstaunt auf und begrüßten ihn dann freudig.

Miles stürmte auf sie zu, drückte sie an sich und hob sie beide hoch.

Ich hatte die ganze Szenerie verfolgt und bevor ich in Tränen ausbrach, eilte ich in die Küche.

Miles kam kurze Zeit später nach.

„Darf ich hier Platz nehmen, Kim?", fragte er.

Ich nickte und deutete auf einen der Stühle.

„Herzlichen Dank für deine Einladung und das die Kids überhaupt noch wissen, wer ich bin", sagte Miles sarkastisch.

Ich lachte kurz auf und ging auf Gegenangriff.

„Miles, ich werde den Kindern, in dem Sinne nie den Vater vorenthalten. In ihrem Zimmer steht ein Bild von dir und sie haben dich stets vor Augen."

Er schaute mich an und schwieg. Jetzt erst fiel mir auf, dass er sich verändert und ich ihn deshalb heute nicht gleich erkannt hatte.

Seine langen Haare waren verschwunden und hatten einem frechen Haarschnitt Platz gemacht. Ich musste lächeln und fand, dass ihn dies sehr gut kleidete.

„Schicker Haarschnitt, passt zu dir", erwähnte ich so nebenbei.

„Dankeschön. Ab und zu ist eine kleine Veränderung nötig und die langen Haare sind nicht mehr zeitgemäß gewesen", gab Miles lachend von sich.

„Genauso wenig, wie meine Wenigkeit", schoss es aus meinem Mund.

Miles stutzte und schaute mich durchdringend an.

„Kim? Wann müssen denn die Kids ins Bett? Darf ich dir dann dabei behilflich sein?", lenkte er ab.

Ich nickte.

„In ungefähr einer Viertelstunde ist es soweit. Wenn du noch etwas mit ihnen spielen willst, kannst du das tun. Hast du schon etwas zu Abend gegessen, Miles?", fragte ich nach.

„Nein! Noch nicht, Kim."

„Möchtest du hier mit mir gemeinsam essen? Ich lade dich ein."

Miles bejahte und versprach mir dabei zu helfen. Ich nickte und er ging zurück ins Wohnzimmer um sich noch etwas um die Zwillinge zu kümmern.

Alle drei schienen ihren Spaß zu haben, ich stöhnte auf und versank wieder in Agonie. Alles brach wieder auf, ich war wieder einmal in meinen Gefühlen hin und her gerissen. Wie der heutige Abend enden würde, wusste ich überhaupt nicht.

Mir wurde gerade wieder bewusst, dass ich Miles immer noch liebte und sogar mehr denn je.

Diese Erkenntnis war für mich eine Qual und ich hoffte, dass sie meine Entscheidungen heute nicht beeinträchtigte.

Aus der Viertelstunde, die Miles mit Zoe und Wesley verbrachte, wurde doch noch eine Stunde. Ich ließ ihn gewähren und konnte somit meine Gedanken etwas ordnen.

Kurze Zeit später rief Miles nach mir und meinte, dass

die Zwillinge schon dauerhaft gähnten und sicher schlafen wollten.

Ich erhob mich, lief ins Wohnzimmer und erklärte, wo sich die Schlafräume befanden. Wir schnappten uns die beiden und brachten sie nach oben.

Miles war mir beim Umziehen von Zoe und Wes behilflich und brachte sie dann zu Bett.

Ich verschwand inzwischen in die Küche und machte mich daran das versprochene Essen für Miles und mich zuzubereiten. Um mich etwas abzulenken, stellte ich das Radio an, machte es etwas lauter als sonst und bekam nicht mit, dass Miles ein paar Schritte hinter mir stand, um mich seit geraumer Zeit zu beobachten.

Ich holte das Geschirr aus dem Schrank, um den Tisch zu decken, drehte mich um, erschrak fürchterlich, als ich ihn erblickte und wie es der Teufel wollte, fielen mir die Teller aus der Hand. Das Geräusch als alles am Boden zerschellte ging mir durch und durch und ich zuckte zusammen.

Ich stöhnte auf, verdrehte die Augen, dachte nur noch, was für ein dämlicher Tollpatsch ich doch war und bückte mich, um die Scherben zu entfernen. Miles war dazu geeilt, um mir zu helfen und wie zufällig berührten sich unsere Hände. Ich erstarrte, blickte Miles in die Augen, der meinen Blick erwiderte, meine Hand ergriff und mich ganz langsam mit nach oben zog.

Wie hypnotisiert hing ich an seinen blauen Augen fest und erst als Miles versuchte mich zu küssen, erwachte ich aus meiner Erstarrung.

Ich machte einen Schritt zurück, hob abwehrend meine Handflächen in Richtung seines Brustkorbes und schob ihn langsam zurück.

Die Berührung alleine jagte mir heiße Schauer durch

den Körper, ich spürte seine Bauchmuskeln, erinnerte mich an die Liebesnächte mit ihm und keuchte auf.

Miles schien bemerkt zu haben, was in mir vorging und setzte ebenfalls einen Schritt zurück.

„Entschuldige Kim. Ich wollte dir in keiner Weise zu nahe treten."

„Zu spät, denn du hast es bereits getan, Miles. Ich bitte dich nur darum, dass du so gut wie möglich auf Abstand bleibst, egal ob beabsichtigt oder nicht", erwiderte ich.

„In Ordnung, Kim. Unter diesen Umständen ist es wohl besser, wenn wir nicht miteinander kochen. Da bleibt eine Berührung leider nicht aus", meinte Miles und ich nickte.

„Bist du mit einer Pizza einverstanden, Miles? Als Entschädigung", gab ich von mir.

Er bejahte und ich gab die Bestellung auf. Die Zeit, bis der Pizzaservice erschien, nutzten wir, um einiges klarzustellen.

„Eine Frage habe ich allerdings noch an dich, Miles. Wie bist du überhaupt so schnell auf meine Spur gestoßen und was hat Kai damit zu tun?", wollte ich wissen.

„Die Geschichte ist eigentlich ganz einfach, Kim. Kai ist ein früherer Schulkollege und Freund von mir und somit war es ein leichtes für mich, so zu handeln. In der Zeit nach deinem Selbstmordversuch, als du nicht ansprechbar gewesen bist, hat dein Steuerberater aus Deutschland in Irland angerufen und nachgefragt, ob du bereit wärst, eventuell das Haus deines Onkels erneut zu vermieten, was steuerlich für dich günstiger gewesen wäre. Ich habe ihm damals gesagt, dass du ernsthaft erkrankt warst, die Geschichte des Selbstmordversuches erzählt, ich dein Verlobter wäre und im Moment die Geschäfte bis zu deiner Genesung für dich abwickeln würde. Daraufhin hat sich der Steuerberater bereit erklärt das Wesentliche mit mir zu besprechen. Wir sind uns einig geworden das Haus erst einmal günstig an Studenten zu vermieten. Ich habe dir deshalb nichts davon erzählt, da ich bereits wusste oder geahnt hatte, dass unsere Beziehung früher oder später in die Brüche gehen würde. Die Zeichen standen bereits dafür. So hatte ich zumindest einen Ansatzpunkt, falls du spurlos mit den Kids verschwinden würdest, um dich wieder zu finden."

Miles gestand mir, dass er wusste, dass Kai zurzeit in Deutschland in München studierte, eine Wohnung suchte, dies gerade passte und ihn wärmsten als Mieter des Hauses an meinen Berater verwiesen hatte. Geld spielte ja keine Rolle und so konnte Kai ungehindert seinen Plan im Auftrag von Miles umsetzten. Kai hatte sich zuerst strikt geweigert bei diesem miesen Spiel mitzumachen, aber dann zugesagt, solange alles im fairen Rahmen bleiben würde.

Er hatte es ihm versprochen, alles über mich erzählt und gebeten ihn auf dem Laufenden zu halten, was die Zwillinge und mich betraf. Diese Situation sei ja nun eingetroffen und es war ein leichtes für ihn gewesen mich zu finden. Meine Idee das Handy nach Japan auszufliegen fand er sehr originell und hatte sich darüber köstlich amüsiert.

Hätte mit Sicherheit geklappt, wenn Kai nicht schon vor Ort gewesen wäre.

Ich starrte Miles nach diesen Worten entsetzt ins Gesicht.

„Du hast also schon lange vorher gewusst, dass unsere Beziehung irgendwann einmal in die Brüche gehen würde? Miles? Hast du denn wenigstens Spaß daran gefunden, mich die ganze Zeit gezielt zu quälen, mit mir zu spielen und nur darauf zu warten, bis ich freiwillig gehe? Weißt du Miles, ich hatte also doch mit meiner Ahnung Recht behalten, dass du mich nur körperlich begehrst und Helen immer die Favoritin gewesen ist. Du machst dem Namen Energievampir alle Ehre und deine ganzen Liebesbeteuerungen waren wohl auch nur Lüge", hakte ich verbittert nach.

Miles blickte mich an und blieb mir vorerst eine Erklärung schuldig.

„Ja und erst das miese Spiel von Kai? Dieser hat seine Sache wirklich gut rübergebracht und ich dämliche Kuh bin prompt darauf hereingefallen", gestand ich ihm.

„Darauf wäre jeder hereingefallen. Denn Kai hat nach seinem Studium zum Innenarchitekten auch noch die Schauspielschule besucht", gestand Miles.

Ich war völlig fertig über soviel Ausgepufftheit und fragte mich, ob ich irgendwann einmal aus meiner naiven Phase erwachen und auf keinen Kerl mehr hereinfallen würde.

„Miles, du weißt ja, was es für dich bedeutet, was ich nun erfahren habe. Deshalb unterstehe dich, mich ständig unter Kontrolle halten zu wollen", erklärte ich und er nickte geknickt.

Es klingelte an der Tür und ich schrak hoch.

Miles stand auf und eilte zur Tür, um den Pizzaboten hereinzulassen.

Ich ging hinterher, bezahlte, schickte Miles mit den Kartons und dem Wein ins Wohnzimmer und folgte nach. Er stellte den Wein und die Pizzen auf den Tisch und blieb stehen.

Ich lachte.

„Setz dich. Du bist sonst auch nicht so zurückhaltend

und kannst dich gerne fast wie zuhause fühlen. Ich verzichte gerne auf Beachtung deinerseits, denn in früheren Zeiten, bist du auch nicht so rücksichtsvoll mit mir umgegangen", meinte ich sarkastisch und Miles stöhnte auf.

„Bitte Kim, fange jetzt keinen Streit an. Wir können alles sachlich und in Ruhe klären."

Ich setzte mich und blickte Miles herausfordernd an.

„Du kannst deine Sache von mir aus klären, wie du willst. Ich kann dir nicht garantieren, ob ich ruhig bleiben kann. Damit musst du dich endlich abfinden und langsam müsstest du mich ja genau kennen, um zu wissen wie ich ticke."

Miles schaute mich wieder nachdenklich an, nahm mir gegenüber langsam Platz und reichte mir eine Pizza.

„Kim, du hast dein liebenswertes Äußeres verloren und kommst völlig kalt herüber. Die Wärme, die du früher ausgestrahlt hast, ist verschwunden und hat einer eisigen, abwehrenden Haltung Platz gemacht", bemerkte er.

Ich lachte, stand auf, knallte den Pizzakarton zurück auf den Tisch, lief ans Wohnzimmerfenster und schaute hinaus. Drückende Stille herrschte im Raum.

Ich drehte mich herum und verschränkte meine Arme über der Brust.

„Was hast du dir eigentlich von mir erhofft, nachdem ich dich mit Helen kurz vor der Hochzeit im Bett erwischt habe? Vielleicht, dass ich dir hier und jetzt freudig in die Arme hüpfe und alles wäre vergessen? Ich hatte Monate zu knabbern mit dieser Geschichte endlich abzuschließen und ins Reine zu kommen und jetzt ist, dank deiner Hilfe, wieder alles aufgebrochen. Aber Kai hat dich doch sicher auf dem Laufenden gehalten, wie ich mich damals fühlte, also weißt du doch was Sache ist und ich muss eigentlich nichts erklären. Weißt du Miles, der größte Vertrauensbruch für mich ist gewesen, dass du ausgerechnet in meinem privaten Zimmer, meinem intimsten Bereich mit Helen gepoppt hast. Das war wie ein Sakrileg für mich. Die Tatsache, es auch noch ohne Schutz mit ihr getan zu haben, dieser Ekelfaktor ist bis heute in meinem Kopf verblieben. Soll ich dir etwas sagen, Miles? Liebe verzeiht vieles. Vielleicht hätte ich darüber hinwegsehen können, wenn du wenigstens ein Kondom benutzt hättest. Ich möchte nicht wissen, wie oft es schon davor geschehen ist und du danach wieder zu mir ins Bett gestiegen bist. Dieser Gedanke alleine, hat mir ein Zusammenleben mit dir nicht mehr ermöglicht und ist deshalb einer der Gründe mit gewesen, dass ich gegangen bin."

Miles wurde blass, setzte sich zurück und schloss seine Augen.

Ich sah wie es in seinem Gesicht arbeitete, dann schaute er mich an.

„Helen ist mit einem Geschäftsmann durchgebrannt", gab er von sich.

Nach dieser Hiobsbotschaft schluckte ich erst einmal und fing dann schallend das Lachen an.

„Na prima, dass ist wohl die gerechte Strafe für dich, nachdem was du mir alles angetan hast. Es gibt also doch eine ausgleichende Gerechtigkeit. So etwas nennt man Karma."

Ich setzte mich und konnte mich nicht mehr vor Lachen beherrschen.

Miles schien meine Heiterkeit wütend zu machen.

„Kim, hör endlich mit deiner dämlichen Lacherei auf. Halte endlich deine Klappe", schrie er mich an.

Mit diesem Wutausbruch erreichte er gerade das krasse

Gegenteil bei mir.

Ich hatte mich überhaupt nicht mehr unter Kontrolle und mir liefen die Lachtränen über die Backen. Den Gedanken, dass Miles mit Helen voll aufgelaufen war, genoss ich richtig.

Er schoss plötzlich hoch, eilte auf mich zu, zerrte mich unsanft aus dem Sessel und schüttelte mich.

„Verdammt, Kim! Hör auf damit", schrie er mich an und schaute mir dabei gequält in die Augen.

Ich verstummte kurz, erwiderte seinen Blick, verlor die Beherrschung und lachte erneut.

Miles wurde wütender, schüttelte mich immer heftiger, was mir immense Schmerzen verursachte.

Ich verstummte und schaute ihn an.

„Miles, lass mich auf der Stelle los, sonst kannst du dein blaues Wunder erleben. Ich bin nicht mehr die unschuldige dumme Kimi, die sich von einem Mann alles gefallen lässt. Diese Zeiten sind vorbei und daran bist nur du allein schuld. Du hast aus mir das gemacht, was ich bin, nämlich eine Männerhassende und nicht anpassungsfähige Furie", zischt ich ihm zu.

Miles drückte brutal meine Oberarme, dass ich aufschrie und ließ mich los.

Um dem eben Gesagten von mir genug Nachdruck zu verleihen, holte ich aus und gab Miles eine Ohrfeige, dass es ihm regelrecht den Kopf zur Seite riss.

Miles schluckte und holte zum Gegenschlag aus. Als er jedoch meinen eiskalten Blick sah, mit dem ich ihn fixierte, senkte er ganz langsam seinen Arm.

„Ich rate dir, dass bleiben zu lassen, Miles, sonst geht es diesmal schlimm für dich aus. Ich werde mich dir in keiner Weise mehr als Opferlamm zu Verfügung stellen wie früher. Diese Zeiten sind vorbei."

Ich rieb mir die schmerzenden Oberarme und setzte

mich. Miles stand da wie ein geprügelter Hund. Ich sah, dass es in seinem Gesicht arbeitete, er um Worte rang und ich nahm ihm die Antwort ab.

„Du kannst dir Erklärungen ersparen Miles, denn ich habe gewusst, dass es genauso enden wird. Deine Gewaltbereitschaft mir gegenüber hat sich in keiner Weise geändert und wird sich in deinem ganzen Leben nie ändern. Also sei in Zukunft auf der Hut und rechne immer von meiner Seite mit gezielter Gegenwehr. Mit der Ohrfeige, die ich nicht bereue, sind die Fronten wohl vorerst geklärt."

Miles war sichtlich blass geworden und setzte sich schweigend auf die Wohnzimmercouch zurück. Mir wurde urplötzlich schlecht. Ich rief mir in Erinnerung, dass ich heute den ganzen Tag vor Aufregung fast noch nichts gegessen hatte.

Ich schnaufte auf und griff mir einen der Pizzakartons vom Tisch.

„Guten Appetit, falls du diesen heute noch bekommen solltest", wünschte ich ihm grinsend und biss herzhaft in meine Pizza.

Es schmeckte herrlich, ich zog meine Beine auf den Sessel und blickte zu Miles.

„So eine Pizza ist wirklich der richtige Absacker für einen misslungenen Abend", meinte ich trocken.

Miles runzelte die Stirn, fing das Grinsen an, schnappte sich ebenfalls seinen Pizzakarton und tat es mir gleich.

Er schien sich gerade an die Situation in dem Restaurant zu erinnern.

Wir beobachteten uns gegenseitig während des Essens und dann brach Miles ohne Vorwarnung in Gelächter aus, verschluckte sich und rang verzweifelt nach Luft.

Ich schoss hoch, eilte auf ihn zu, klopfte ihm hilfreich

auf den Rücken und im gleichen Moment schnappte er mich.

Ich war so überrascht, dass ich strauchelte und schon lag ich unter ihm auf der Couch. Miles Atem ging keuchend und er starrte mir in die Augen.

Ich wurde mir meiner Situation bewusst, war auf ihn hereingefallen und versuchte mich verzweifelt aus seinem Griff zu befreien, was mir nicht gelang.

Miles war einfach zu kräftig und wusste genau, wo er bei mir ansetzen musste, dass ich mich nicht mehr wehren konnte.

Ich rang um Fassung.

„Vergiss es, Miles und lass mich sofort los", beschwor ich ihn.

Ich merkte, wie die alten Gefühle für ihn wieder in mir hochkamen. Nur allein der Gedanke seinen Körper auf meinem zu spüren, ließ mein Herz anfangen zu rasen. Meine Halsschlagader pochte mehr als auffällig und meine Atmung steigerte sich. Ich schloss meine Augen, damit ich nicht Miles durchdringenden Blick verfiel und wehrte ihn verzweifelt ab.

Er versuchte mich zu küssen und ich versuchte ihm geschickt auszuweichen. Ich presste meine Lippen aufeinander und sträubte mich energisch. Miles gab nicht nach und ich wusste, wenn ich jetzt nicht rigoros durchgreifen würde, käme es wieder dazu, dass wir im Bett landen würden. Diese Situation wollte ich mit allen Mitteln verhindern, denn ich war nicht bereit dazu.

Ich öffnete meine Augen.

„Verdammt! Willst du mich wieder einmal mit Gewalt nehmen, um an dein Ziel zu kommen? Miles, ich hasse dich für deine ständigen Übergriffe, die ich absolut nicht möchte. Willst du dich an mir rächen, für das was Helen dir angetan hat, um deine Macht über mich demonstrieren zu können?", schrie ich.

Miles erstarrte, ich erwiderte verzweifelt seinen Blick und dann ließ er mich los.

„Entschuldige, Kim. Ich weiß auch nicht, was in mich gefahren ist."

Ich setzte mich zitternd auf, war froh, dass es nicht zum Äußersten gekommen war und griff nach einer der Weinflaschen auf dem Tisch.

Ich setzte an und trank sie bewusst mit einem Zug über die Hälfte leer.

„Wenn ich genug habe und du meinst, doch noch über mich steigen zu müssen, dann kannst du es tun. Zum Glück bekomme ich dank des Alks nicht mehr soviel davon mit", meinte ich wütend an Miles gerichtet.

Um dem Ganzen Nachdruck zu verleihen trank ich auch noch den Rest des Weines mit einem Zug leer. Nach kurzer Zeit verfiel ich in meinen Fröhlichen-Laune-Effekt wie in alten Zeiten. Ich fiel irgendwann vor lauter Lachen von der Couch und bekam nur noch mit, dass Miles fluchte, mich hochhob und dann war es zapfenduster.

Der nächste Morgen war wieder eine Erfahrung für sich.

Ich rannte ins Badezimmer, übergab mich bis zum Letzten und machte mich danach etwas frisch.

Mein Kopf hämmerte, als wenn Bergbauarbeiter darin um die Wette schufteten.

„Verfluchter Rotweinfusel" brummelte ich vor mich hin und schleppte mich Richtung Kinderzimmer, um nach den Kids zu sehen.

Verwirrt stellte ich fest, dass sie nicht mehr hier waren. Schlagartig wurde ich munter und der Gedanke, dass Miles die beiden gezielt entführt haben könnte, stieg mir in den Kopf. Ich rannte nach unten und hörte erleichtert die Kids in der Küche mit Miles plaudern.

Er wandte sich mir zu, als ich hektisch die Küche betrat.

Zu allem Unglück rutschte ich auch noch auf einem der Plüschtiere aus, das am Boden lag.

Ich hob im wahrsten Sinne des Wortes freiweg ab, angelte nach Halt und fiel der Länge nach in Miles Arme. Dieser konnte sich ein Grinsen nicht verkneifen, nutzte die Gelegenheit schamlos aus und küsste mich mit Nachdruck auf den Mund.

Ich wischte mir angeekelt mit der Hand über die Lippen, schüttelte mich, wand mich aus seinen Armen und rannte schon wieder in die Toilette.

„Kim, ich war mir gar nicht bewusst, dass ich so ein Kotzbrocken bin", kommentierte er mein Verhalten.

„Ich finde das überhaupt nicht lustig Miles, was du da von dir gibst. Nur du bist an dieser ganzen Situation schuld, dass ich mich in diesem Zustand befinde", erklärte ich und verzog mich ins Wohnzimmer.

Miles setzte die Kids ins Atelier zum Spielen, folgte mir, entschuldigte sich für seine Ansagen und setzte sich zu mir auf die Couch.

Ich ging auf Abstand, zog meine Beine an mich, umschlang sie mit meinen Armen und schniefte vor mich hin.

Miles beobachtete mich eine zeitlang, seufzte auf und nahm mich dann einfach in seine Arme. Ich zuckte zusammen, schloss meine Augen und blieb einfach sitzen.

Im gleichen Augenblick meldete sich mein Handy.

Ich löste mich aus seiner Umarmung, stand auf und erkannte auf dem Display, dass es Stefan war.

„Hallo, Stefan", meldete ich mich.

„Du bist heute Morgen nicht wie sonst erschienen, Kim? Ist bei dir alles okay?", fragte er nach.

„Hier ist alles paletti, Stefan. Ich habe mich gestern Abend einfach nur sinnlos besoffen und fühle mich dementsprechend", erklärte ich ihm.

„Ist Miles noch in deiner Nähe?", fragte er nach und ich bejahte. „Kim, wenn du Hilfe brauchst, dann rufe mich unverzüglich an. Hast du mich verstanden? Wenn es sein muss auch in der Nacht.", legte er mir ans Herz.

Ich lachte, versprach es zu tun und verabschiedete mich.

Ich fröstelte urplötzlich, sah an mir herunter und mir wurde bewusst, dass ich nur Unterwäsche trug.

Mein Kopf schnellte in Miles Richtung und dieser lachte amüsiert auf.

„Mein Gott Kim, ich habe dir heute Nacht nichts unrechtes angetan. Ich habe deine Straßenkleidung ausgezogen, da du im Schlaf wieder alles Essbare von dir gegeben hast."

Ich stöhnte auf, schlug die Hände vor mein Gesicht, schämte mich zu Tode und ließ mich wieder auf die Couch fallen.

„An deinem Verhalten, was das Ewige rot werden betrifft, hat sich noch nichts geändert und du wirst langsam wieder du selbst", meinte Miles grinsend.

Ich nahm meine Hände vom Gesicht und schaute ihn wütend an, worauf er sofort verstummte.

„Weißt du was, halte einfach deinen einfältigen Mund. Lass mich gefälligst selbst entscheiden, wann ich, ich wieder selbst sein will", gab ich von mir.

Miles stand auf.

„Okay Kim, ich werde mich jetzt um Zoe und Wes kümmern. Das Beste wird wohl sein, wenn du jetzt unter die Dusche gehst, damit du einen klaren Kopf bekommst."

Ich schoss hoch, warf ihm das Sofakissen hinterher und traf seinen Kopf.

„Verdammt! Ich weiß selbst, wann ich einen klaren Kopf bekommen will oder auch nicht!", schrie ich.

Miles stockte mitten im Laufen, drehte sich um und kam mit langsamen Schritten auf mich zu.

Ich wich zurück und stieß irgendwann an das Klavier meines Onkels.

Er hatte mich zwischenzeitlich erreicht, griff mir ins Haar, zog mein Gesicht ganz nah an seines und fixierte mich.

Ich roch sein Rasierwasser, stöhnte auf und Miles küsste mich zärtlich auf den Mund. Ich verkrallte mich in seine starken Oberarme, wie eine Ertrinkende, genoss es einfach und merkte, wie er mich aufs Klavier setzte, ohne mit dem Küssen aufzuhören.

Ich schlang meine Beine fest um seinen Körper und versank völlig in meinem Gefühlschaos.

Miles hatte es wieder geschafft mich genau dorthin zu bekommen, wo ich nicht hin wollte und dennoch gab ich seinem Verlangen nach.

Hinterher fühlte ich mich dreckig, benutzt und verschwand ohne weiteren Kommentar in die Dusche.

Ich ekelte mich vor mir selbst und heulte still vor mich hin.

Nun begann die ganze Schlacht von vorne und keiner wusste, wer diesen Krieg gewinnen oder verlieren würde.

Ich stieg entnervt aus der Dusche, griff mir ein Laken, wickelte mich ein und verschwand in mein Schlafzimmer.

Während ich mich anzog, klopfte es zaghaft an die

Tür.

Ich erlaubte Miles, dass er hereinkommen konnte.

„Kim entschuldige bitte, für das, was gerade passiert ist. Ich wollte deine Gefühle nicht verletzen."

Ich schaute ihn an.

„Miles, für diese Art von Entschuldigung ist es jetzt leider zu spät. Es ist einfach das geschehen, was vielleicht geschehen sollte. Du brauchst dir keine großen Gedanken darüber zu machen, da ich meinen Prinzipien auch nicht treu geblieben bin."

Nach diesen Worten erklärte ich ihm, wo er die Badetücher finden konnte und verschwand in die untere Etage, um nach den Kids zu sehen. Die beiden hatten von alledem nichts mitbekommen und spielten mit ihren Duplosteinen.

Mir war klar, dass ich bis Freitag eine Entscheidung treffen musste, ob ich Miles nach Irland begleiten oder einen Kollegen mitschicken würde.

Ich verschwand in die Küche, goss mir Kaffee ein.

Kurz darauf erschien Miles frisch geduscht, nur ein Badelaken um seinen Unterkörper gehüllt.

Ich starrte auf seinen muskulösen Körperbau und geriet ins Träumen.

„Miles, wenn du dir nicht sofort etwas Anständiges anziehst, übernehme ich keine Garantie für etwaige weitere Übergriffe von mir", erklärte ich ihm.

Er lachte und setzte sich neben mich.

„Nun stell dich nicht so mädchenhaft an, Kim. Du weißt doch wie ich nackt aussehe und ich denke, Übergriffe deinerseits werde ich verkraften können."

Ich stand auf.

„Miles, möchtest du Kaffee?", fragte ich, was dieser nickend bestätigte.

Ich goss eine Tasse voll und stellte sie ihm auf den

Tisch.

Er nutzte wie immer die Gelegenheit und zog mich zu sich auf den Schoß, obwohl ich mich verzweifelt wehrte.

„Nein, hör auf. Die Zwillinge sitzen im Nebenraum", erinnerte ich ihn.

„Kim, ich bitte dich. Bleib einfach nur ruhig sitzen. Ich möchte nur deine Körpernähe spüren, die ich unwahrscheinlich vermisst habe. Wir müssen über alles, was in der Vergangenheit zwischen uns vorgefallen ist noch einmal intensiv reden", bat er mich.

Ich seufzte, gab seinem Wunsch nach und somit hatte er mir damit die Überleitung gegeben.

„Gut, Miles. Ist es dir heute abends recht? Inzwischen kann ich klären, wer mit nach Irland fährt, um am Projekt mitzuarbeiten. Ich werde Stefan anrufen, um das Wichtigste abzuklären."

Miles versprach mir, nachdem er sich im Hotel frisch umgezogen hatte, hier pünktlich um zwanzig Uhr zu erscheinen.

Dann trank er seinen Kaffee aus, kleidete sich an und ging.

Aufstöhnend setzte ich mich in einen Stuhl und wählte Stefans Nummer.

„Stefan, kannst du hier kurzfristig vorbeikommen?", fragte ich ihn.

„Nanu, ich bin eigentlich überrascht heute noch mal etwas von dir zu hören, Kim. Ist bei dir alles in Ordnung?", fragte er stutzig.

„Nein! Hier läuft alles quer und ich brauche dringend deinen Rat und deine seelische Unterstützung. Bitte Stefan, du musst mir helfen", bat ich ihn.

„Gut, Kim. Ich werde in ungefähr einer Stunde bei dir

erscheinen", versprach er und verabschiedete sich.

Ich hatte zu Stefan eine besondere Beziehung, von dieser nicht einmal Kai etwas erahnt hatte.

Zum Glück! Wer weiß, was Miles wieder für einen Aufstand veranstaltet hätte in seiner Eifersucht. Ich hatte Stefan drei Wochen nach meiner überstürzten Abreise aus Irland in einer Nobeldisco kennen gelernt.

Kai hatte sich an dem Abend bereit erklärt auf die Kids aufzupassen, damit ich einmal auf andere Gedanken kommen konnte.

Stefan war regelrecht über mich und auf mich gefallen, als ich alleine in dieser proppevollen Nobeldisco in einer Ecke saß.

An meinem Tisch war noch ein einziger Stuhl frei und er fragte, ob er Platz nehmen durfte. Im Laufe des Abends kamen wir ins Gespräch. Seine Freundin hatte ihn wegen einem Schnösel mit dickem Auto kurzfristig verlassen und er wollte sich heute die Kanne geben.

Ich lachte über sein Vorhaben und riet ihm davon ab, da das Erwachen am nächsten Tag nicht immer das Gelbe vom Ei war. Er lachte und fragte nach, ob ich Erfahrungswerte gezogen hätte. Ich grinste und erklärte ihm, mehr als genug.

Wir kamen ins Gespräch, es stellte sich heraus, dass wir den gleichen Beruf hatten und er händeringend einen Geschäftspartner suchte.

So entstand spontan die Idee, gemeinschaftlich eine Agentur zu gründen. Stefan nahm mich mit nach Hause, wir schütteten uns gegenseitig das Herz aus und so kam es, dass wir an diesem Abend im Bett landeten und uns gegenseitig trösteten.

Am nächsten Morgen wurde uns bewusst, was wir aus unserer Sehnsucht und Verzweiflung heraus getan hatten.

Wir schworen uns, es niemals zu wiederholen.

Dabei war es auch geblieben und Stefan war mir ein guter Vertrauter geworden, so wie ich für ihn.

Die Kids fingen zu quengeln an und verlangten nach ihrem täglichen Mittagsschlaf.

Ich brachte sie nach oben und schon klingelte es an der Haustür.

Das konnte nur Stefan sein. Ich eilte nach unten und öffnete. Er hatte Kuchen dabei und ich spendierte wieder einmal den Kaffee dazu.

Wir setzten uns in die Küche.

„Kim, du siehst gar nicht gut aus und erscheinst mir völlig durch den Wind. Was ist los?"

Ich erzählte Stefan was passiert war.

„Ganz einfach Kim, du bist immer noch unsterblich in Miles verliebt und willst es einfach nicht wahrhaben", eröffnete er mir.

Ich wollte widersprechen und er lachte.

„Kim, erinnere dich an die Nacht mit mir. Während wir miteinander schliefen ist dir ist mehrmals der Name Miles herausgerutscht. Für mich war am nächsten Tag klar, dass es kein miteinander geben wird, da ein anderer Mann zwischen uns stand. Deshalb habe ich mich diskret zurückgezogen."

Erschrocken schaute ich Stefan ins Gesicht.

„Oh Gott, Stefan! Entschuldige bitte vielmals, dass ich dich so enttäuscht habe", warf ich ein.

Stefan lachte.

„Kim, hör auf, dich immer und ewig für irgendetwas zu entschuldigen. Es ist gut so, wie es gekommen ist und meine Freundin ist nach Tagen zurückgekehrt. Wir haben eben an diesem Abend einander gebraucht. Dieses Geheimnis gehört nur uns. Diese Nacht kann uns keiner mehr nehmen."

Ich schluckte.

„Stefan, ich habe furchtbare Angst nur das Spielzeug für Miles zu werden. Irgendwann wenn ich langweilig erscheine, verbannt er mich in die nächste Ecke, wie einen Gebrauchsgegenstand. Wie soll ich mich denn entscheiden?", fragte ich.

„Kim, ich kann deine Bedenken verstehen. Das wirst du nur erfahren können, wenn du nach Irland gehst. Leider ist es nun einmal so, dass die Welt ungerecht und unberechenbar ist."

Er hatte Recht. Ich war wieder in einer Zwickmühle gelandet, aus der ich mich schwer befreien konnte.

Kurz vor zwanzig Uhr verabschiedete sich Stefan, ich begleitete ihn zur Tür und er gab mir noch Tipps für heute abends auf den Weg mit.

„Kim, wenn du in Schwierigkeiten gerätst, kannst du mich auch nachts aus dem Bett holen. Ich komme sofort vorbei."

Ich bedankte mich bei ihm und versprach bis morgen eine Entscheidung getroffen zu haben.

Stefan drückte mich. Freundschaftlich hauchte er mir einen Kuss auf den Mund und wollte gerade gehen, als ich hinter uns ein Räuspern vernahm.

„Einen wunderschönen guten Abend. Ich hoffe doch, ich komme nicht ungelegen", wünschte uns Miles mit diesem Vermerk.

Ich küsste Stefan demonstrativ auf den Mund zurück und verabschiedete mich von ihm.

Miles stand da und musterte mich von oben bis unten.

„Hier herrscht aber reger Männerverkehr und kannst du mir bitte erklären, was das eben zu bedeuten hatte?", meinte er trocken.

Ich lachte belustigt auf.

„Miles? Du bist doch nicht etwa eifersüchtig auf

Stefan? Außerdem geht es dich gar nichts an, wen ich küsse. Ich erinnere dich daran, dass wir kein Paar mehr sind", gab ich provozierend zurück.

Er warf mir einen giftigen Blick zu und zog mich unsanft am Unterarm in den Flur.

Ich schüttelte ihn genervt ab.

„Verdammt! Miles, wenn du wieder rumzicken willst, kannst du dich gleich verziehen! Was bildest du dir überhaupt ein? Du hast absolut kein Anrecht auf mich und ich habe deine ganzen Eifersuchtsszenen nur noch satt", zischte ich ihn an.

Da ließ Miles seine Maske fallen und zerrte mich ins Wohnzimmer.

„So nicht, Kim. Wenn du nicht spurst, wie ich will, kann ich sofort die Polizei anrufen und dich wegen Kindesentzug einsperren lassen. Bis jetzt habe ich noch keinen Gebrauch gemacht, aber ich habe eine einstweilige Verfügung in der Tasche, dass ich die Kids wieder mit nach Irland nehmen darf", erklärte er mir.

Ich schaute ihn entsetzt an und mir wurde schlagartig einiges klar.

„Miles? Ich hege gerade einen fürchterlichen Verdacht. Dann stimmt wohl auch die Geschichte mit Helen nicht und sie sitzt im Schloss und wartet auf dich?", fragte ich nach.

„Ja! Du bist wirklich ein sehr kluges Köpfchen, Kim. Scheint dumm gelaufen zu sein für dich. Ich danke dir, dass du mir deinen Körper freiwillig zur Verfügung gestellt hast. Ich habe es regelrecht genossen und genussvoll ausgekostet, dich vor lauter Wonne und Verlangen nach mir, zappeln zu sehen. Das ist meine ganz persönliche Rache an dich, weil du mich am Hochzeitstag verlassen und vor allen Gästen blamiert hast", erwiderte Miles sarkastisch.

Ich stöhnte auf und hatte in diesem Augenblick einfach nicht mehr die Nerven, alles auf die Reihe zu bekommen.

Der Ekel, dass ich mit Miles doch wieder geschlafen hatte, überwog.

Ich würgte und rannte ins Badezimmer, wo ich über der Toilette regelrecht zusammenbrach.

Zitternd und völlig fertig, wankte ich kurze Zeit später wieder ins Wohnzimmer.

Ich wusste, dass ich nun endgültig verloren hatte.

„Miles, welche Bedingung stellst du an mich?", fragte ich kraftlos.

„Ich werde dich nicht anzeigen, wenn du mir die Kids ohne großes Trara übergibst. Das Hotelprojekt besteht wirklich und ich will, dass du mit nach Irland kommst, um mir bei der Gestaltung zu helfen. Somit kannst du die Kinder sehen und im Kavaliershaus oder im Appartement wohnen. Eine Forderung gibt es da aber noch von meiner Seite. Du wirst mir ab diesem Zeitpunkt, mit deinem Körper zur Verfügung stehen. Kommentarlos. Zu jeder Tages- und Nachtzeit und egal an welchem Ort. Verweigerst du dich, entziehe ich dir als Strafe, wochenweise die Kids. Die Zwillinge verbleiben allerdings bei mir und Helen im Schloss, sozusagen als Pfand."

Mein schlimmster Albtraum wurde wahr.

Miles spielte seine Macht aus.

Ich schlug die Hände vors Gesicht.

„Miles! Bitte tu mir dies, nach all den vorherigen Demütigungen nicht an. Du kannst alles haben und ich werde dir sogar für deine Schäferstündchen zur Verfügung stehen, wann und wo du willst, aber nimm mir um Himmelswillen nicht die Kids."

Verzweifelt lief ich auf Miles zu, sah in seine Augen und klammerte mich an seinen Oberarmen fest.

Ich fing unkontrolliert zu zittern an, bekam nichts mehr unter Kontrolle, sackte dann in die Knie und verfiel in eine Art Schockzustand.

Miles schüttelte mich und sprach mich wiederholt an.

Seine Stimme vernahm ich wie aus weiter Ferne. Ich hörte und verstand alles, war aber selbst nicht fähig zu antworten und musste dann wohl umgekippt sein.

Am nächsten Morgen erwachte ich mit fürchterlichen Kopfschmerzen, stand stöhnend auf und registrierte eine eigenartige Stille im Haus.

Ich bekam Panik, rannte in Richtung Kinderzimmer und wusste bereits, dass Miles mit den Zwillingen auf den Weg nach Irland war.

Mein Blick ins Kinderzimmer und in den Schrank bestärkte, was ich befürchtet hatte.

Sämtliche Klamotten waren verschwunden. Ich fiel stöhnend auf die Knie und verfluchte Miles bis in alle Ewigkeit.

Nach dem ersten Schock rappelte ich mich hoch und rief aus lauter Verzweiflung Stefan an. Ich erzählte anscheinend wirres Zeug, denn er meinte, dass er sofort kommen würde und ich auf keinen Fall das Haus verlassen sollte. Ich legte auf und dachte was Miles doch für ein Schwein war, dass er mich in meinem Zustand einfach alleine zurückgelassen hatte.

Ein Blick auf die Uhr zeigte mir, dass er mit den Kindern in Dublin angekommen sein musste.

Ich tigerte in der Küche hin und her und wartete auf Stefan.

Es klingelte. Ich rannte zur Haustür, riss sie auf und zog ihn sofort in den Flur. Stefan sah mich mehr als erschrocken an.

„Verflixt Kim, was ist denn mit dir passiert? Du bist ja völlig hysterisch, siehst fürchterlich aus und ich habe dich am Telefon überhaupt nicht verstanden."

Ich hielt mir die Hände vors Gesicht und schrie.

„Mein Gott, Miles ist mit den Kindern nach Irland verschwunden und hat mich allein zurück gelassen. Ist das denn so schwer zu verstehen, Stefan!"

Er verstand immer noch nicht, ich zog ihn in die Küche und bugsierte ihn auf einen der Stühle. Dann begann ich zu erzählen, was gestern Abend vorgefallen war und ich das Kinderzimmer leer vorgefunden hatte.

Stefan glaubte sich verhört zu haben und fragte noch ein paar Mal nach.

Ich konnte nicht mehr, brach erneut heulend zusammen und sah, dass Stefan sich erhob und sein Handy betätigte. Er schien Miles erreicht zu haben, denn ich hörte wie er seinen Namen aussprach und ein längeres Gespräch mit ihm führte. Zitternd saß ich auf dem Küchenstuhl, musste an mich halten, um Stefan nicht das Handy aus der Hand zu reißen.

Er beendete das Gespräch und nahm wieder auf seinem Stuhl Platz.

Er schaute mich an.

„Kim, warum hast verheimlicht, dass du ohne Miles zu benachrichtigen, damals einfach mit den Kids nach Deutschland verschwunden bist."

„Das ist alles nur meine Schuld, dass es soweit gekommen ist", erklärte ich zitternd. „Ich einfältige Kuh, habe Monate vorher das halbe Sorgerecht an Miles weitergegeben. Eigentlich wollte ich hier vor Ort einen Anwalt aufsuchen, um mich abzusichern. Ich habe es durch meine Vergesslichkeit verdorben."

Stefan erzählte noch einmal, was Miles verlangte.

„Nun muss ich nach Irland und werde mich dort

meinem Schicksal ergeben und Miles hörig werden. Wenn ich mich weigere, kann ich meine Kinder nicht mehr sehen", flüsterte ich.

Stefan schaute mich unverständlich an und fragte nach.

„Ich habe dir in meiner Vorgeschichte erzählt, dass Miles mich in ein Sanatorium stecken wollte. Helen hat ihn damals aufgehetzt und somit hat er das Sorgerecht bekommen. Ich holte es mir mit Hilfe von Doc Morris zurück und überließ aus Liebesbeweis, Miles die Hälfte. Ein gravierender Fehler meinerseits, wie sich nun herausstellt. Miles erpresst mich nun damit und verweigert mir die Kinder, wenn ich ihm nicht zu Willen bin", erklärte ich.

Stefan war entsetzt und versprach alles Mögliche zu tun, um mir zu helfen und mich aus dieser Lage zu befreien.

Ich schaute ihn an.

„In diesem Fall kann mir keiner mehr helfen und ich muss mich in dieses Schicksal ergeben. Bitte Stefan, rufe Miles an und bestätige ihm, dass ich auf alle seine Bedingungen eingehen werde, die er mit mir besprochen hat. Ich nehme das nächstbeste Flugzeug und werde dann auf ihn warten."

Stefan schüttelte mit dem Kopf und reichte mir das Handy.

„Nein! Kim, ich werde diesen Gang für dich sicher nicht erledigen. Du musst dich selbst in dein Unglück stürzen", erwiderte Stefan.

Ich entriss ihm das Handy, wählte und hatte Miles sofort am Ohr.

„Miles? Ich verspreche dir, alles so zu machen wie du es von mir verlangt hast. Ich treffe in den nächsten Stunden in Dublin ein. Leider habe ich kein Auto zur

Verfügung und du musst mich schon abholen und mich in mein Appartement bringen."

Miles bestätigte, dass er mich am Flughafen erwarten würde.

Ich drückte das Gespräch weg und gab Stefan das Handy zurück. Dieser nahm mich in den Arm und versprach mir, hier von Deutschland aus alles zu versuchen, um mich mit den Kids wieder zurückholen zu können. Ich dankte ihm und bat ihn sich um das Anwesen zu kümmern.

Ich stellte ihm eine vorläufige Vollmacht aus, die er meinem Steuerberater während meiner Abwesenheit vorlegen sollte und machte mich auf den Weg nach oben, um die Koffer zu packen. Zitternd verstaute ich meine Klamotten, fragte mich insgeheim, was mich erwarten würde und war mir sicher, dass Miles diesmal nicht so glimpflich mit mir umsprang.

Ich zog mich reisefertig um und brachte dann meine Sachen nach unten, wo Stefan auf mich wartete, um mich zum Flughafen zu bringen.

Er hatte, während ich oben war, alles bereits für mich erledigt.

Mit gemischten Gefühlen machten wir uns auf den Weg und ich verbrachte die Fahrt schweigend neben ihm.

Der Flughafen kam in Sicht, in mir verkrampfte sich alles und ich starrte Stefan nur schweigend ins Gesicht.

Er begleitete mich bis vor das Gate zum Flugzeug, drückte mich und nahm mir das Versprechen ab mich täglich zu rühren. Würde ich das nicht tun, sei etwas nicht in Ordnung und er käme sofort hinterher um nach dem Rechten sehen.

Ich drückte ihn schweigend an mich und verschwand.

Den Flug bekam ich überhaupt nicht mit und merkte erst, dass wir in Dublin angekommen waren, als das Flugzeug aufsetzte. Nachdem alles am Zoll erledigt war, verließ ich das Terminal und sah Miles bereits auf mich warten.

Mit gemischten Gefühlen lief ich auf in zu. Er begrüßte mich nur kurz, nahm mein Gepäck und verstaute es auf dem Rücksitz. Dann forderte er mich auf einzusteigen.

Ich tat wie mir geheißen und Miles raste wie ein Irrer die ganze Strecke zurück. Völlig verkrampft saß ich im Beifahrersitz, mir war kotzübel und ich hatte meine Augen seit geraumer Zeit geschlossen. Irgendwann hielt ich das Schweigen und die Anspannung nicht mehr aus.

„Miles, mir ist schlecht. Kannst du bitte anhalten und mich einen kurzen Moment frische Luft schnappen lassen?", bat ich ihn.

Er lachte amüsiert auf.

„Dann kurble das Fenster herunter. Außerdem hast du keine Ansprüche zu stellen und das kurze Stück wirst du schon aushalten müssen."

Er wollte es also wieder auf die harte Tour.

Nun gut dass konnte er gerne haben.

Ich schaute Miles von der Seite an.

„Okay, du verdammtes Arschloch! Dann also im Klartext. Es macht mir überhaupt nichts aus in dein verfluchtes Auto zu kotzen, wenn du nicht anhältst und mich augenblicklich aussteigen lässt", erklärte ich ihm.

Miles merkte an meiner Tonlage, dass es mir verteufelt ernst war und hielt mit kreischenden Bremsen auf dem nächsten Feldweg an. Ich stürmte aus dem Auto und übergab mich hinter dem nächsten Busch. Ich zitterte am ganzen Körper als ich zum Auto zurücklief.

„Können wir jetzt vielleicht weiterfahren? Meine Zeit ist kostbar", fragte Miles genervt.

„Nein, Miles ich werde nicht einsteigen. Scheiß auf deine kostbare Zeit du arroganter Fatzke", gab ich von mir.

Ich wurde wütend, setzte mich demonstrativ auf den Boden und lehnte stöhnend meinen Kopf an die Beifahrertür. Mir war hundeelend und ich wusste, wenn ich jetzt ins Auto steigen würde, dauerte es keine fünf Sekunden und Miles musste wieder anhalten. Ich legte meinen Kopf auf die Beine und verschränkte meine Arme im Nacken.

Miles lief genervt vor mir auf und ab.

„Kim, steig sofort ein oder ich lasse dich gnadenlos hier am Straßenrand zurück und du kannst sehen, wie du in die Stadt kommst", eröffnete er mir.

„Miles, bitte noch zwei Minuten zum Verschnaufen. Mir ist fürchterlich übel", bat ich ihn.

„Nein! Ich fahre jetzt weiter. Sieh zu, wie du in dein Appartement kommst", blaffte er.

Er setzte sich ins Auto und ich hatte gerade noch Zeit wegzurutschen als er schon losfuhr. Ich schaute ihm entgeistert hinterher, dachte, dass es nur ein Scherz wäre und er anhalten würde, aber in meinem innersten wusste ich bereits, dass Miles sein Ding durchziehen würde. Ich blieb einfach sitzen, da es mir schon egal war, was mit mir passierte. Irgendjemand würde mich schon mitnehmen, denn zur Not konnte ich ja noch per Anhalter fahren. Ich stand vorsichtig auf und machte mich langsam auf den Weg. Zu allem Unglück lag meine Handtasche mit dem Handy ausgerechnet in Miles Auto, sonst hätte ich mir ein Taxi rufen können.

Ich versuchte verzweifelt Autos anzuhalten, was mir nicht gelang. Nach einem Blick auf meine Uhr stellte ich fest, dass ich bereits seit über drei Stunden zu Fuß unterwegs war, es dunkel wurde und noch keine Stadt in Sicht kam. Zu meinem Pech fing es nun auch noch zu regnen an und ich war in Sekunden bis auf die Haut durchnässt.

Mein Hass und meine Wut auf Miles steigerten sich mit jedem Schritt, den ich machte und ich konnte für nichts mehr garantieren, wenn er vor mir stand.

Ich fror, zitterte am ganzen Körper und endlich hielt ein LKW neben mir.

„Junge Frau, kann ich sie ein Stück mitnehmen?", fragte der Fahrer.

Ich nahm dankend an und stieg mehr als umständlich ins Fahrerhaus ein.

„Was haben sie eigentlich bei diesem Sauwetter auf der Strasse verloren? Das ist ziemlich gefährlich hier auf diesem Stück, gerade für eine Frau", wollte er wissen.

„Nun mein Exfreund meinte, weil ich nicht so spurte wie er wollte, dass er mich hier einfach sitzen lassen muss", klärte ich ihn auf.

Er schüttelte mit dem Kopf.

„Wenn sie einen heißen Tee wollen zum Aufwärmen, dann greifen sie nach hinten in die Kabine und nehmen sie sich die Thermoskanne."

Ich griff nach hinten, schenkte mir einen Becher voll und genoss in kleinen Zügen den warmen Tee.

„Okay, sonst fahre ich ja nicht direkt durch die City", meinte der Trucker, „aber für sie mache ich eine Ausnahme. Man kann ihr Elend nicht mit ansehen und ihr Ex scheint ein richtiges Arschloch zu sein, wenn er sie so behandelt."

Ich biss meine Zähne zusammen und bemühte mich nicht loszuheulen.

Es dauerte noch ungefähr zwei Stunden, bis er vor meinem Appartement hielt.

„Danke für ihre Hilfe. Wenn sie nicht gewesen wären, würde ich heute Nacht noch unterwegs sein oder es wäre mir bereits etwas passiert. Nennen sie mir ihre Adresse und ich kann mich mit einem kleinen Geldbetrag erkenntlich zeigen", meinte ich zu ihm.

„Miss, dass war für mich eine Selbstverständlichkeit ihnen zu helfen. Nun sehen sie bloß zu, dass sie aus diesen nassen Klamotten kommen. Sie holen sich sonst noch den Tod. Ihr Freund scheint wirklich ein Idiot zu sein, der sie gar nicht verdient hat."

Ich stieg aus, er hupte, ich winkte und dann war er verschwunden. Ich schaute nach oben, sah das Licht in meiner Wohnung brannte und somit musste Miles bereits seit Stunden hier auf mich warten.

Ich war durchnässt, fror, mir war schlecht, mir taten alle Knochen weh, ich war fix und fertig und total übermüdet.

Ich stolperte mehr als ich lief, klingelte und wartete bis der Aufzug nach unten kam. Was mich jetzt da oben erwarten würde, wusste ich nicht und war auf alles gefasst.

Mein Magen schnürte sich Etage für Etage immer mehr zu und mir drehte sich alles vor den Augen.

Die Fahrstuhltür öffnete sich. Miles blaffte mich blöde an, wo ich solange verblieben war.

Ich war sichtlich erschöpft, machte zwei Schritte und fiel einfach nur noch entkräftet in seine Arme.

Er fing mich auf, setzte mich auf die Couch, musterte mich und ich starrte ihn nur an.

„Ich hätte gerne mein Handy, Miles. Ich habe eine

Abmachung mit Stefan und muss mich täglich bei ihm melden, ob alles in Ordnung ist. Wenn ich das nicht tue, kommt er persönlich hier vorbei, um nach dem Rechten zu sehen."

Miles stand auf, holte meine Tasche und drückte sie mir schweigend in die Hand. Ich holte das Handy hervor, rief Stefan an und erklärte ihm, dass ich gut angekommen war und alles in Ordnung sei.

Stefan nahm mir nochmals das Versprechen ab, dass ich mich jeden Tag bei ihm melden würde, ich versprach es ihm und trennte dann die Verbindung.

Miles stand wie ein Racheengel im Zimmer und beobachtete mich.

So, er konnte mich jetzt mal kreuzweise.

Ich stand auf, entkleidete mich und machte mich in Unterwäsche auf den Weg ins Badezimmer.

„Kannst du mir sagen, was das jetzt werden soll?", fragte er aus dem Hintergrund.

„Ganz einfach, Miles. Nach dieser beschissenen Aktion von dir, bin ich völlig durchnässt. Ich friere, mir geht es nicht gut und ich nehme jetzt sofort eine heiße Dusche, damit ich einigermaßen in Ordnung komme. Danach werde ich mich in mein Bett begeben und bis morgen früh durchschlafen", erklärte ich ihm.

Miles lachte.

„Das kannst du dir abschminken. Jetzt wird einiges geklärt", meinte er und versperrte mir den Weg ins Badezimmer.

Ich blickte ihn nur an.

„Verdammt! Hör mit diesen Kindereien auf, Miles. Mir ist im Augenblick nicht nach einer Diskussion zumute. Ich kann mich kaum noch auf den Beinen halten. Deine Aktion hat dazu beigetragen, dass ich mich restlos beschissen fühle. Aber das war sicher bezweckt von dir."

Miles lachte und bewegte sich keinen Schritt von der Stelle. Ich wurde langsam wütend und forderte ihn noch einige Male auf mich endlich vorbei zu lassen. Er blieb stur und ich hatte ehrlich gesagt die Schnauze voll.

Ich stieß Miles auf die Seite und riss zeitgleich die Tür zum Badezimmer auf.

Miles der mit ineinander verschränkten Armen an der Türe gestanden hatte verlor das Gleichgewicht und fiel nach hinten, landete unsanft auf seinem Hinterteil und schaute mich völlig überrascht an.

Ich lief an ihm vorbei, stellte die Brause an, zog meine Unterwäsche aus und stellte mich darunter.

Das warme Wasser strömte über meinen Körper und ich stöhnte erleichtert auf. Ich fror noch immer und regulierte die Temperatur noch etwas höher. Während ich meinen Kopf in den Nacken legte, fuhr ich mit meinen Händen durch die Haare und genoss nur die Wärme, die über meinen Körper strömte. Mir war egal, dass Miles sich irgendwo im Raum aufhielt und setzte mich einfach auf den Boden der Dusche.

Das heiße Wasser lockerte langsam, aber sicher meine verspannten Muskeln und ich freute mich bereits auf mein Bett. Ich musste mehrmals hintereinander niesen und war sicher, dass ich mir eine Erkältung geholt hatte. Nach dieser heißen Dusche fühlte ich mich etwas besser, stand auf, wusch mir die Haare gründlich und bemerkte aus dem Augenwinkel, das mich Miles die ganze Zeit musterte.

Mich ließ das völlig kalt und ich verhielt mich so, als wenn überhaupt niemand in diesem Raum vorhanden wäre. Ich entfernte den restlichen Schaum aus meinen Haaren, drehte die Brause zu, griff mir ein großes

Badetuch und wickelte mich ein.

Ich ignorierte Miles und schritt an ihm vorbei in die Küche.

Mein Magen knurrte und als ich in den Kühlschrank blickte, wurde ich leider enttäuscht.

Ich musste lachen.

Logischerweise hatte Kathy alles mitgenommen, was noch verderblich gewesen war.

Miles hatte heute nicht für Nachschub gesorgt.

Auch recht dachte ich, dann bestelle ich mir eben eine Pizza aus dem Restaurant um die Ecke. Miles verfolgte jeden Schritt und jede Bewegung, die ich machte und ich musste mir ein grinsen verkneifen. Ihm schien es gar nicht zu gefallen, dass ich selbstsicherer geworden war und ihm auch Paroli bot.

Nachdem ich die Bestellung aufgegeben hatte, öffnete ich einen der Koffer und holte mir einen Schlafanzug heraus.

Weiter kam ich nicht. Miles stand plötzlich hinter mir und riss mir das Badetuch herunter, so dass ich nackt vor ihm stand.

Ich war so überrascht, dass ich erschrocken aufschrie und zurückwich.

Miles nutzte dies und folgte mir mit gezielten Schritten. Ich stieß an die Couch, er stürzte sich auf mich und fing an mich zu küssen. Ich hieb auf ihn ein und versuchte ihn wegzustoßen.

„Nein! Miles! Ich will jetzt nicht! Lass mich wenigstens für den heutigen Abend in Ruhe! Morgen kannst du mit mir machen was du willst, aber nicht mehr heute!"

„Doch, Kim! Hier, jetzt und so wie du gerade vor mir stehst. Wenn du mir jetzt nicht zu Willen bist, siehst du die Kinder für die nächsten Wochen nicht mehr", versuchte er mich zu erpressen.

Ich erstarrte, überlegte, sah einfach nur noch rot und zog Miles, wie schon einmal, meine Fingernägel durchs Gesicht.

Dabei trat ich nach ihm und schlug derart heftig mit meinen Fäusten auf ihn ein, dass er notgedrungen rückwärts ausweichen musste.

„Miles, es reicht entgültig", schrie ich ihn an, „du hast ein völlig krankes Gehirn. Ich lasse mich nicht mehr quälen. Weder seelisch noch körperlich. Meine Grenzen sind erreicht. Dann geh zur Polizei und zeige mich an. Sei dir aber gleichzeitig bewusst, dass alles herauskommen wird, was du mir in den vorherigen Monaten angetan hast. Du hast nichts kapiert. Nicht einmal, dass ich dich immer noch liebe, trotz allem was bis zum heutigen Tage geschehen ist. Nenne mir eine deiner Weiber, die das für dich tun würde. So, jetzt verschwinde und morgen will ich meine Kinder hier sehen, sonst gehe ich selbst zur Polizei und zeige mich an. Dann werden wir ja sehen, wem die Kinder zugesprochen werden. Ich habe sowieso nichts mehr zu verlieren"

Ich ließ von ihm ab, drehte mich um und zog zitternd meinen Schlafanzug an. Miles stand wie erstarrt und als ich ihn von der Seite anblickte, wurde mir klar, dass ich mir in diesem Moment einen fürchterlichen Feind gemacht hatte.

Er wischte sich mit dem Handrücken über sein Gesicht.

„Kim, eines schwöre ich dir, es ist das letzte Mal, dass du mich sichtlich verletzt hast", zischte Miles mir zu.

Ich lachte.

„Okay Miles, ich habe es registriert und wenn du jetzt nicht sofort verschwindest, können wir in dieser Art und Weise weitermachen. Die Kids will ich morgen um neun Uhr hier in der Wohnung sehen und tauche hier ohne deine Helen auf. Zoe und Wesley werden ab morgen in meiner Obhut aufwachsen und wenn du sie sehen willst, kannst du das mit mir absprechen, was anderes kommt nicht mehr in Frage."

Ich lief in die Küche, riss ein paar Reinigungstücher ab und reichte sie ihm entgegen.

„Hier, damit du dir das Blut aus dem Gesicht wischen kannst. Ach, und noch etwas bevor du gehst, Miles. Ich gebe dir den guten Ratschlag mich in Zukunft in Ruhe leben zu lassen und keinen Eingriff mehr auf meine Privatsphäre vorzunehmen. Ich sage dir das jetzt zum Letzten Mal und solltest du dies nicht tun, habe ich dir schon einmal erklärt, dass du mich nicht unterschätzen sollst. Ich kann mich sehr gut wehren, um meine Kinder vor dir zu schützen. Helen kannst du ausrichten, dass sie es nicht noch einmal versuchen soll, die Zwillinge an sich zu reißen. Sie wird sonst ziemlich übel aus dieser Geschichte hervorgehen. Außerdem verstehe ich nicht, dass ihr immer noch keine eigenen Kinder habt. Bei deinem unersättlichen Sextrieb müsste Helen mehr als einmal schwanger sein. Probiere es doch mit einer Vergewaltigung bei ihr, vielleicht wird das auch Früchte tragen, wie in meinem Fall."

Miles wurde nach diesen Worten blass und blickte mich fassungslos an.

„Was dein Hotelprojekt anbetrifft, habe ich folgendes mitzuteilen. Ich werde es abwickeln und dann später mit den Kids nach Deutschland zurückkehren. Wenn du allerdings eine andere Agentur mit diesem Auftrag betreuen willst, kannst du es gerne tun. Eigentlich ist mir das sogar noch lieber und ich bin dann Ende der Woche weg. Miles und nun verschwinde endlich aus meinen Augen, bevor ich mich nochmals vergesse", beschwor ich ihn.

Er setzte zu einer Antwort an und ich schüttelte mit dem Kopf.

„Keine Diskussionen mehr, Miles. Verzieh dich und lass mich zufrieden."

Er drehte auf dem Absatz um, betrat den Aufzug und warf mir noch einen Blick zu. Die Aufzugtür schloss sich und ich setzte mich erleichtert auf die Couch.

Soviel Courage hatte selbst ich mir nicht zugetraut, vor allem, dass ich Miles in dieser Art und Weise entgegen getreten war. Ich erinnerte mich an Kathys Worte, dass er genau dies vielleicht einmal brauchen würde.

Ich hoffte nur, dass er morgen wirklich mit den Kids erscheinen würde, sonst wusste ich nicht weiter.

Es klingelte und auf dem Monitor sah ich, dass der Pizzalieferant vor der Türe stand. Ich schickte ihm den Aufzug, nahm die Pizza entgegen, zahlte und setzte mich in die Küche.

Der Appetit war mir vergangen und ich wollte nur noch schlafen.

Am nächsten Morgen wurde ich durch anhaltendes Klingeln regelrecht aus dem Schlaf gerissen. Ich schrak hoch und nach einem Blick auf den Wecker, schoss ich wie eine Rakete aus dem Bett. Es war bereits neun Uhr und Miles schien sich doch an meine Forderung zu halten.

Ich rannte nach unten, betätigte den Aufzug und wartete bis er endlich erschien.

Die Tür öffnete sich und Zoe und Wes stürzten auf mich zu.

Ich ging in die Knie, drückte beide an mich und brach in Tränen aus.

Miles war langsam gefolgt und stand da wie bestellt

und nicht abgeholt. Ich erhob mich und bat ihn zu einem Gespräch in die Küche.

Die Kids setzte ich solange ins angrenzende Büro zum Spielen.

„Danke, dass du meinen Wunsch erfüllt hast, Miles."

Miles lachte sarkastisch auf.

„Das war wohl mehr ein Befehl, dem ich gefolgt bin. Nun kannst du deinen Trumpf ausspielen und mich doch noch anzeigen, Kim."

Ich blickte ihn an und sah erst jetzt, was ich nach dem gestrigen Übergriff in seinem Gesicht verursacht hatte. Diesmal war ich extrem rabiat vorgegangen und es würden sicherlich einige Narben zurückbleiben.

Miles beobachtete mich.

„Na Kim, wenn du mit deiner Musterung fertig bist, kannst du dich ja über meine Verletzung amüsieren", meinte er.

Ich schüttelte mit dem Kopf und legte meine Hand vorsichtig auf seinen Arm.

„Nein Miles, ich amüsiere mich sicherlich nicht. Es tut mir selbst weh sehen zu müssen, was ich da angestellt habe, auch wenn du es mir nicht glaubst. Ich möchte mich dafür bei dir entschuldigen und werde dich auch nicht anzeigen, denn du hast dich an die Vereinbarung gehalten. Nun möchte ich wissen, wie du dich im Falle des Projekts entschieden hast?"

„Ich habe den Vertrag unterschrieben und halte mein Wort. Ab sofort liegt die Leitung in deiner Hand und du kannst anfangen zu arbeiten. Ich hole dich morgen ab und fahre dich zu diesem Hotel, damit du einen Einblick nehmen kannst. Ach, und noch etwas. Wo verbleiben die Kids solange?"

„Gut Miles, somit ist diese Sache wenigstens abgeklärt. Die Unterbringung der Zwillinge kannst du getrost mir überlassen. Ich weiß selbst was für die Kleinen gut ist oder nicht. Du bekommst sie auf gar keinen Fall. Unter diesen Umständen und mit der Gewissheit, dass du sie mir wieder entziehen kannst oder willst, mit Sicherheit nicht. Ich werde nachher Kathy und Owen damit beauftragen, sie während meiner Abwesenheit in Obhut zu übernehmen. So lieber Freund und somit ist das Thema für dich schon beendet."

Miles zuckte zusammen.

„Hab ich überhaupt eine Chance, die beiden je wieder zu sehen", hakte er nach.

Ich lachte.

„Oh Gott, Miles. Das ist kein Thema und du weißt es auch. Ich habe dir früher schon erklärt, dass ich dir die Kinder nicht entfremden werde, egal was passiert. Wie gesagt ohne Helen und nur unter meiner Aufsicht auf neutralem Boden. Das weitere ergibt sich dann."

Er schluckte, stand auf und verabschiedete sich.

Ich grinste in mich hinein und freute mich über den zweiten Etappensieg.

Nachdem Miles verschwunden war, rief ich Bill an und erzählte ihm, dass ich zurzeit hier weilen würde.

Bill freute sich und hakte nach was der Anlass dazu sei, da ich, doch Angst hatte wegen Miles.

Ich erzählte Bill im groben was mich veranlasst hatte, hier zu erscheinen.

Er war entsetzt und erklärte, dass er den Kontakt zu Miles komplett abgebrochen hatte, seit dem Vorfall kurz vor unserer Hochzeit. Ich erkundigte mich nach Dana. Bill lachte und erzählte, dass es ihr nach dem Verlust des ersten Babys gut ginge und ihr neues Bäuchlein jetzt immer dicker würde.

Ich lachte, versprach demnächst eine kleine Party zu feiern, sie dazu einzuladen und verabschiedete mich.

Der nächste Anruf galt Kathy und Owen.

Kathy freute sich und wollte wissen, welcher Anlass mich wieder hierher verschlagen hatte. Ich erzählte ihr den Umstand und sie war genauso entsetzt wie Bill.

„Kim! Wenn du Lust hast, kannst du bereits heute Nachmittag vorbei kommen und alles besprechen."

Ich freute mich auf ein Wiedersehen und versprach so gegen sechzehn Uhr dort zu erscheinen. So, dass war auch geklärt und jetzt konnte ich mich auf das Hotel konzentrieren. Ich hatte nichts weiter an essbarem im Haus und beschloss mit den Kids einkaufen zu gehen.

Der Vormittag verlief recht ruhig und die Zwillinge hielten mich ganz schön in Schwung. Vollbepackt entstieg ich dem Taxi und stieß prompt mit Miles zusammen, der gerade aus dem Haus kam.

Mir fielen sämtliche Tüten aus der Hand.

Ich fluchte und dachte, dass alles zusammenpasste.

Miles bückte sich und war beim Einsammeln der Lebensmittel behilflich.

Ich bedankte mich.

„Okay, wenn du schon einmal hier bist, kannst du die Kids mit nach oben bringen, oder die Tüten tragen."

Miles nahm die Tüten und fuhr mit hoch.

„So und was willst du nun von mir? Denn nachdem du aus dem Haus gekommen bist und sonst keinen Anlass hast hier zu erscheinen, wolltest du doch sicher zu mir", fragte ich ihn.

Miles räusperte sich.

„Ähm? Kim? Darf ich hereinkommen?"

Ich bemerkte erst jetzt, dass er noch in der Aufzugtür stand und nickte ihm zu. Miles folgte mir in die Küche und stellte die Tüten ab.

Ich versorgte inzwischen die Zwillinge.

„Was ist denn der Grund deines wichtigen Besuches

hier?"

Miles zog einen Schlüssel aus seiner Jackentasche und hielt ihn mir entgegen.

Ich stutzte.

„Ja und? Was soll das?", fragte ich erneut.

„Kim, ich wollte dir ein Auto zur Verfügung stellen, bis das Objekt abgewickelt ist", erwiderte er.

Ich runzelte die Stirn und schüttelte mit dem Kopf.

„Nö, lass mal Miles. Ich kann mir jederzeit selbst ein Auto kaufen oder mieten und bin zum Glück nicht auf deine Hilfe angewiesen. Ich will mich in keiner Art und Weise von dir abhängig machen", meinte ich im ruhigen Ton.

Miles schüttelte den Kopf.

„Bitte Kim, mach es doch nicht so verdammt schwer. Kannst du mir denn nicht wenigsten auf halbem Wege entgegenkommen?"

Ich lachte.

„Hallo? Geht es dir noch gut? Ich bin oft genug in der Vergangenheit über meinen Schatten gesprungen und dir auf deinem Weg entgegengekommen. Du jedoch, bist mir immer ausgewichen. Respektiere endlich, dass ich nichts mehr von dir will und du auch nichts mehr von mir erhoffen kannst. Nicht nach dem, was du mit den Kindern veranstaltet und was du von mir verlangt hast. Dein Projekt werde ich wie versprochen noch zu Ende stellen. Bemerke ich, dass du ein linkes Ding mit mir abziehen willst, werde ich im gleichen Augenblick Stefan damit beauftragen, mir sofort die Vertretung zu schicken. Ist das jetzt in deinem Schädel angekommen, Miles?"

In seinem Gesicht arbeitete es.

Kommentarlos steckte er den Autoschlüssel wieder ein.

„War es das, was dir so wichtig erschien, Miles? Falls ja, kannst du wieder gehen", warf ich ihm entgegen.

„Kannst du nachmittags schon einmal die Baustelle in Augenschein nehmen? Meine Wenigkeit ist vor Ort und ich würde gerne eine Führung mit dir machen", wollte Miles wissen.

Ich schüttelte mit dem Kopf.

„Nein! Ich bin heute Nachmittag mit Zoe und Wes bei Owen und Kathy, um mit ihnen die Betreuung der Kids zu besprechen. Morgen werde ich dann, was das Projekt betrifft, wie ausgemacht zu deiner Verfügung stehen. Du kannst mich gerne abholen, bis ich mein eigenes Auto zur Verfügung habe."

Miles sog hörbar den Atem ein.

„Darf ich mich wenigstens noch von den Zwillingen verabschieden?", fragte er nach.

„Jederzeit, Miles. Ich habe dir doch schon tausendmal erklärt, dass ich dir hier keine Steine in den Weg lege", antwortete ich lächelnd.

Miles lief ins Arbeitszimmer und kam dann kurze Zeit später wieder zurück. Er blieb kurz stehen, sah mir in die Augen, setzte zum Sprechen an, ließ es dann aber doch und wünschte einen schönen Tag.

Ich nickte, brachte ihn zum Aufzug und schaute zu wie sich die Türe hinter im schloss.

Erleichtert atmete ich aus und rief Stefan an.

Wir unterhielten uns und ich erzählte ihm, was ich zwischenzeitlich erreicht hatte.

Stefan lachte amüsiert auf.

„Kim, lass dich ja nicht unterbuttern. Falls dir die ganzes Angelegenheit über den Kopf wächst, ruf an und ich schicke umgehend Ersatz."

„Danke Stefan, aber ich glaube, dass ich alles im Griff habe."

Ich trennte unser Gespräch und da mir noch etwas Zeit blieb bis zum Besuch bei Owen, informierte ich mich noch etwas genauer über das Projekt. So wie ich das sah, kam ich hier mit Sicherheit unter einem Jahr nicht weg.

Es war bereits Ende September und ich würde auf der Insel, alle Feiertage und Geburtstage verbringen müssen.

Ich stöhnte auf und war froh, dass ich immer noch die Option hatte einen Ersatz zur Verfügung zu stellen, der dann dieses Projekt zu Ende führen würde. Ich war mir im Klaren, das in einem Jahr noch sehr viel passieren konnte und bekam leichte Panik. Mir fiel siedendheiß ein, dass ich einige private Gegenstände im Schloss zurück gelassen hatte, die ich dringend brauchte. Ich versuchte Miles per Handy zu erreichen. Er meldete sich und ich erklärte ihm um was es ging.

„Kein Problem. Du kannst deine persönlichen Sachen hier abholen", meinte er.

„Nein! Miles, bringe mir bitte morgen die grüne Box aus dem Atelier mit. Du wirst doch nicht denken, dass ich nur einen Fuß über die Schwelle setzen werde, in der Helen zuhause ist."

Miles räusperte sich.

„Was wird mit deinen Sachen und deiner restlichen Kleidung? Was soll damit geschehen?"

Ich überlegte kurz.

„Miles, die kannst du von mir aus verschenken oder wegwerfen. Mir liegt nichts mehr daran."

Ich hörte Miles am anderen Ende tief einatmen.

„Das kannst du dir in Ruhe überlegen. Ich persönlich werde nichts wegwerfen. Seit deinem Verschwinden ist das Atelier verschlossen und ungenutzt geblieben", bekam ich zur Antwort.

„Danke, Miles. Also, vergiss morgen nicht diese Box. Sie ist sehr wichtig", hakte ich nach und beendete das Gespräch.

Mir kam der Gedanke, dass Miles sich ein weiteres Hintertürchen offen lassen wollte und musste lachen.

Kaum hatte ich aufgelegt, als sich mein Handy erneut meldete.

Ich sah auf dem Display, dass es Owen war.

„Sag mal, Kim? Wie willst du denn heute Nachmittag zu uns kommen? Hast du daran gedacht, dass du keinen fahrbaren Untersatz hast? Macht aber nichts, ich lasse dich abholen", meinte Owen lachend.

Ich bedankte mich und trennte das Gespräch.

Die Zeit bis zum Nachmittag verging wie im Flug und zur verabredeten Zeit klingelte es an meiner Haustür.

Ich schickte den Aufzug nach unten und als er sich öffnete erstarrte ich förmlich. Vor mir stand ein Bild von einem Mann. Ich war so perplex, dass ich ihn eine zeitlang mit offenem Mund angestarrt haben musste.

„Guten Tag, ich bin Ethan O´Neill und der Neffe von Owen", stellte er sich vor.

Ich verstand immer noch nicht und erwachte erst aus meiner Erstarrung, als die Zwillinge vergnügt auf ihn zuliefen und ihm die Arme entgegen streckten.

Er lachte, begrüßte Zoe und Wes und fragte ob er eintreten dürfte.

Ich hatte ein Problem, das erlebte zu verdauen, schaute meine Kids entgeistert an und bat O´Neill stotternd herein. Etwas verwirrt schickte ich ihn in die Küche.

„Möchten sie einen Kaffee?"

Er bedankte sich höflich.

„Nein, ich bin nur der Abholdienst und soll Sie und die Zwillinge zu Owen und Kathy bringen."

Ich schluckte, ließ alles erst mal sacken und wunderte mich, dass Owen nie einen Neffen erwähnt hatte.

„Darf ich wissen, woher sie die Zwillinge kennen, da beide sie herzlich begrüßt haben?", fragte ich O´Neill.

„Selbstverständlich, Miss Webster. Ich habe Beide bei den wöchentlichen Anstandsbesuchen meines Onkels sehr ins Herz geschlossen und war der Babysitter anlässlich der Halloweenparty. Ich bin erfreut, endlich die dazugehörige Mutter kennen lernen zu dürfen", meinte er lachend.

Ich wurde knallrot im Gesicht, schluckte ein paar Mal und beeilte mich, die Kinder anzuziehen.

O´Neill half mir und irgendwann berührten sich unsere Hände.

Ich zuckte erschrocken zurück und dachte, bitte nicht schon wieder.

Er schien nichts verspürt zu haben oder ließ es sich zumindest nicht anmerken.

Mehr als verstört machte ich mich mit ihm und den Kids auf den Weg in sein Auto.

Im Stillen dachte ich mir, dass ich gerade wieder dabei war in eine heikle Situation zu schlittern. Mir kam der Gedanke, dass Owen hier geschickt versuchte etwas einzufädeln. Nein, dass konnte nicht sein. Denn so wie dieser Typ aussah, hatte er eine Freundin oder war schwul.

Dagegen war ich mit Sicherheit ein Mauerblümchen und welcher ledige Mann nahm sich schon eine zur Freundin, die bereits Kinder von einem anderen hatte.

O´Neill half uns ins Auto und fuhr dann los.

Die Fahrt verlief sehr schweigsam und ich war froh, als Owens Schloss in Sichtweite kam. Wir stiegen aus, Kathy schien uns schon erwartet zu haben, denn sie stürmte aus dem Haus und rannte auf die Kids zu.

Diese eilten ihr entgegen und ließen sich liebevoll von ihr knuddeln.

Owen, der nun auch dazukam, schritt auf mich zu und drückte mich ohne Worte an sich.

Über so viel Herzlichkeit, die mir entgegengebracht wurde, brach ich ohne Vorwarnung in Tränen aus und wandte beschämt meinen Kopf zur Seite.

Ich blickte direkt in O´Neills Gesicht, der mich schon die ganze Zeit beobachtet hatte und senkte meinen Blick.

Schniefend löste ich mich von Owen und versuchte krampfhaft ein lächeln, was mir nicht gelang. Kathy veranstaltete mit mir das gleiche und ich war danach völlig in Tränen aufgelöst.

Geräuschvoll zog ich die Nase hoch und musste nach einem Blick in meine Handtasche feststellen, dass ich nicht einmal ein Taschentuch dabei hatte.

Kathy bat uns ins Haus und ich folgte immer noch schniefend hinterher.

O´Neill den ich ganz vergessen hatte, reichte mir ungefragt von der Seite ein Papiertaschentuch und ich war so hektisch, dass ich es auch noch fallen ließ.

Fluchend bückte ich mich, um es aufzuheben und stieß mit O´Neills Kopf zusammen, der das gleiche vor hatte wie ich.

Stöhnend rieb ich mir die Stirn, entschuldigte mich bei ihm und schaute länger als beabsichtigt in seine Augen. Wir erstarrt blickten wir uns beide an, dann zog er mich wortlos mit nach oben und reichte mir ein neues Taschentuch. Ich bedankte mich bei ihm und nahm es zitternd entgegen.

„Ist alles in Ordnung", fragte er lächelnd nach, „und wenn ja, können wir dann endlich ins Haus, bevor wir hier Wurzeln schlagen?"

Ich nickte und putzte mir so geräuschvoll die Nase, dass er lauthals lachen musste.

Als er mich unbewusst unterhakte, zuckte ich erschrocken zusammen und er ließ mich sofort los.

„Sorry! Ich wollte Ihnen auf keinen Fall zu nahe treten", entschuldigte er sich.

Ich war froh, dass wir endlich im Haus waren und setzte mich erleichtert an den Küchentisch.

Die Zwillinge mumpfelten bereits vor sich hin und ich lachte belustigt bei ihrem Anblick auf. O´Neill nahm mir gegenüber Platz und somit hatte er wieder die Option mich beobachten zu können, was mir gar nicht passte.

Kathy und Owen freuten sich, dass ich wieder im Lande war, wenn auch unter nicht so erfreulichen Umständen.

Ich schluckte.

„Na wenigstens konnte ich erreichen, dass Miles mir die Kinder ausgehändigt hat. Danke Kathy, dein Vorschlag mit Miles gründlich Klartext zu reden, hat gewirkt."

Kathy lachte und freute sich über meinen Etappensieg.

„Nun bin ich eine äußerst erfolgreiche Geschäftsfrau geworden. Somit noch unabhängiger von Miles, was ihm sichtlich stinkt. Ich habe dafür auch sehr hart kämpfen müssen", erzählte ich ihnen.

Owen und Kathy freuten sich und beglückwünschten mich zu meinem steilen Karriereaufstieg.

„Kim entschuldige, dass ich dir meinen Neffen noch nicht vorgestellt habe. Ich mache es nun nachträglich. Leider ist es in dem vorherigen auf und ab in deiner Beziehung mit Miles, nicht dazu gekommen", meinte Owen.

Ich winkte ab und lachte.

„Nicht so schlimm. Ich war nur erstaunt, weil Zoe und Wes gezielt auf ihn zugelaufen sind. Die Sache hat sich aber aufgeklärt und nun weiß ich ja, dass es dein Neffe ist, Owen."

O´Neill lächelte mich an.

„Na, dann steht ja einem Du nichts im Wege und du kannst mich bei meinem Vornamen nennen. Ich bin Ethan und erfreut dich kennen lernen zu dürfen."

Er stand auf und reichte mir die Hand.

Ich grinste und nannte meinen Vornamen. Als ich dann seine Hand ergriff durchfuhr es mich, als wenn eine Energieladung auf mich abgeschossen worden wäre. Nein, bitte nicht schon wieder.

Mit einem Aufschrei zog ich meine Hand weg und schaut Ethan entsetzt an.

Kathy und Owen waren verdutzt und blickten sich an.

„Habe ich deine Hand zu arg gedrückt Kim? Falls ja, wollte ich das nicht und möchte mich entschuldigen", meinte Ethan.

„Nein, du hast mir nicht wehgetan. Ich weiß nicht, was mit mir im Moment los ist. Anscheinend ist doch alles ein bisschen zu viel für mich. Kathy kannst du kurz auf die Kids aufpassen? Ich brauche schnellstens frische Luft", gab ich stotternd von mir.

Kathy nickte.

„Kim? Möchtest du Begleitung mitnehmen?", wollte Owen wissen.

„Nein! Ich brauche nur frische Luft für den Moment", schüttelte ich mit dem Kopf, zog meine Jacke an und eilte nach draußen.

Ich war völlig verwirrt, weil ich nicht verstand, was da gerade geschehen war.

Sollte gerade der berühmte Funke übergesprungen sein?

Grübelnd lief ich in den Park und setzte mich dann auf eine Steinbank die etwas geschützt unter einer Weide stand. Ich stöhnte auf und fragte mich, ob ich jetzt entgültig irrsinnig wurde. Plötzlich vernahm ich Schritte und sah, dass O´Neill mir gefolgt war.

Er schaute sich suchend um, lief weiter, stolperte über eine Wurzel und versuchte sein Gleichgewicht zu halten.

Fluchend schimpfte er vor sich hin und ich konnte nicht mehr an mich halten und lachte lauthals los.

Ethan drehte sich um, erblickte mich und kam grinsend auf mich zu.

„Na, dir scheint es wohl wieder etwas besser zu gehen. Du bist aber ganz schön schadenfroh, wenn du über das Missgeschick anderer Leute lachen kannst. Darf ich an deiner überaus werten Seite Platz nehmen oder möchtest du Abstand im Moment."

Ich musste in diesem Augenblick an den schrulligen Butler von Patrick denken, der immer so geschwollen geredet hatte, somit an Miles und fing übergangslos das Heulen an.

Ethan war sichtlich verstört und setzte sich neben mich.

„Kim? Ist mit dir alles in Ordnung?", fragte er.

Ich schüttelte mit dem Kopf.

„Nein, nichts ist in Ordnung. Schon lange ist nichts mehr in Ordnung. Verdammte Erinnerungen. Hast du ein Taschentuch für mich Ethan?", fragte ich nach.

Er hatte, zog es aus seiner Tasche und hielt es mir hin. Ethan wartete bis ich mich ausgeheult hatte.

„Kim, ich bin mehr oder weniger mit den Umständen deiner Vergangenheit vertraut. Kathy hat mich etwas eingeweiht und ich bedauere, dass du soviel leiden musst, wie man immer noch erkennen kann. Möchtest du mir alles einmal aus deiner Sicht erzählen? Lass dir die Zeit, die du brauchst, denn es muss nicht heute sein. Wenn du bereit dazu bist, melde dich bei mir. Ich würde dir gerne zuhören. Sein Herz auszuschütten, kann manchmal Wunder bewirken", meinte er, als er mein Zögern bemerkte.

„Ja, hat deine Freundin da keine Bedenken, wenn du dich mit fremden Frauen triffst?", fragte ich.

Ethan wurde plötzlich ernst.

„Ich bin nicht liiert", offenbarte er mir und erhob sich.

Erstaunt und ungläubig blickte ich ihn an.

„Auch wenn ich wie ein Traum von Mann aussehe, heißt das lange nicht, dass ich vergeben bin. Dieses Schubladendenken bekomme ich öfters zu spüren und die Liebe meines Lebens, habe ich leider nicht wieder gefunden. Ich musste feststellen, dass viele Frauen nur wegen meines Aussehens und meines Geldbeutels auf mich abfahren. Einige herbe Enttäuschungen habe ich bereits hinter mich gebracht und ich will in keinem Fall die Wechselbäder meiner Gefühle hinnehmen."

„Okay Ethan, ich hab verstanden und ich weiß wie du fühlst", erklärte ich ihm.

Ethan lächelte, änderte das Gesprächsthema und wir unterhielten uns bald über Gott und die Welt. Die Zeit verging wie im Fluge und wir bemerkten nicht einmal, wie Owen erschien und meinte, dass es bereits wieder Zeit zum Abendessen sei.

Ich sah erschrocken auf meine Uhr und erhob mich eilig.

Der Nachmittag im Beisein von Ethan war schnell vergangen, hatte mich vorerst meine Sorgen vergessen lassen und ich fühlte mich irgendwie befreit.

Ethan erhob sich ebenfalls und so folgten wir Owen wieder zurück in das Anwesen.

Kathy lachte uns entgegen.

„Kim, die frische Luft hat dir gut getan. Endlich hast du wieder etwas Farbe im Gesicht bekommen."

„Danke, Kathy. Ich fühle mich auch nach langer Zeit wieder einigermaßen wohl. Ich glaube, dass habe ich dem Umstand Ethan zu verdanken, der mich den restlichen Nachmittag gekonnt unterhalten hat."

Ethan grinste und gab das Kompliment zurück. Die Zwillinge saßen bereits wieder am Tisch in der Küche und quietschten vergnügt auf, als sie Ethan und mich erblickten. Er strich beiden über die Köpfe und lachte. Ich erstarrte kurz und stellte fest, dass er ein herzliches Verhältnis zu Zoe und Wes besaß. Er schien meinen Blick bemerkt zu haben und schaute mich fragend an. Ich senkte meinen Blick und setzte mich ebenfalls.

„Kim? Eine Frage? Besitzt du eigentlich schon wieder einen fahrbaren Untersatz?", wollte Owen wissen und ich schüttelte mit dem Kopf.

Er reichte mir den Schlüssel vom Porsche über den Tisch. Ich schaute ihn wohl ziemlich verdutzt an, denn er brach in Lachen aus.

„Nein? Nun dann bist du ab heute im Besitz eines Wagens. Ich habe den Porsche nicht veräußert, in der Hoffnung, dass du wieder hier auftauchen würdest. Du kannst ihn weiterhin für deine Aktivitäten nutzen und bist somit nicht auf Miles angewiesen."

Bei diesem Namen zuckte ich sichtbar zusammen und dachte an den morgigen Tag. Ich nahm den Schlüssel entgegen und dankte Owen für seine Großzügigkeit.

Nach dem Abendessen verabschiedete ich mich, denn die Kids waren müde und gähnten wiederholt. Kathy besaß noch den Zweitschlüssel fürs Appartement und versprach, morgen pünktlich zu erscheinen und die beiden abzuholen. Ich dankte ihr und verabschiedete mich dann von allen. Ethan begleitete mich noch mit den Zwillingen zum Auto, in dem seltsamerweise auch noch die Kindersitze vorhanden waren.

Ich musste grinsen und dachte im Stillen, dass Owen wohl doch sehr weitsichtig gehandelt hatte.

Nachdem ich die Kids im Auto untergebracht hatte, verabschiedete ich mich von Ethan und vermied es, ihm die Hand zu reichen.

Er räusperte sich.

„Kim, wir werden uns dann morgen auf der Baustelle sehen."

Ich schaute ihn unverständlich an.

„Ich bin einer der Architekten, der die Baustatik im Neubau überwacht. Dein Bereich ist im Altbau und der ist bereits fertig gestellt", erklärte er mir.

„Kannst du mir einmal erklären Ethan, warum du mir das nicht heute Nachmittag gesagt hast? Verdammt noch mal, was soll das eigentlich schon wieder", hakte ich nach.

Ethan wurde rot.

„Kim, ich habe es aus dem Grund nicht getan, damit du nicht denkst, dass Miles und ich eventuell einen gemeinsamen Plan gegen dich aushecken. Ich wollte dir den schönen Nachmittag mit dieser Angelegenheit nicht verderben. Und nachdem du auch noch in der Vergangenheit etliches wegstecken musstest, ist es nur fair, dass ich dir erkläre, dass wir zusammenarbeiten werden."

„Nicht noch einmal eine Wiederholung! Ich bin schon wieder auf dem besten Weg, in diese Endlosschleife zu schlittern", schlug ich mir aufstöhnend die Hände vors Gesicht.

Ethan schaute mich verständnislos an, ich bedankte mich bei ihm, dass er mich noch aufgeklärt hatte und verabschiedete mich. Auf die Nachfrage, was es mit dieser Endlosschleife auf sich hatte, gab ich ihm den Ratschlag, dass er am besten Owen und Kathy dazu befragen sollte.

Ich stieg ins Auto, schnallte mich an und fuhr nach Hause. In meinem Appartement angekommen, legte ich die Zwillinge schlafen und setzte mich noch etwas in die Küche. Meine Gedanken hatten sich bereits seit der Autofahrt überschlagen und ich schwor mir in Zukunft, was die Herren der Schöpfung anbetraf, nur noch auf Abstand zu gehen. Diese verfluchten Zufälle nervten mich langsam und ich überlegte bereits, ob ich Stefan doch um Ersatz für mich bitten sollte. Ich holte mir noch einmal den Plan des Hotels und studierte ihn genau durch. Ich wollte nichts mehr dem Zufall überlassen.

Ich schien am Schreibtisch eingeschlafen zu sein und wurde von Kathy geweckt, die sehr früh erschienen war und das Frühstück vorbereitet hatte.

„Kathy ich möchte dir nur sagen, dass Miles ohne meine Erlaubnis die Kinder auf keinen Fall bekommt. Solange Helen noch in der Nähe ist, will ich das auf alle Fälle vermeiden. Ich traue dieser Schlange nicht", bemerkte ich.

„Keine Sorge Kim, ich werde immer ein Auge auf die Kinder haben", versprach sie mir.

Ich dankte ihr, verschwand in die Dusche und machte mich für die Baustelle zurecht. Als ich in der Küche erschien, wartete bereits Miles und begrüßte mich. Ich erklärte ihm, dass ich vergessen hatte nochmals bei ihm anzurufen, um ihn mitzuteilen, dass ich ab sofort einen Wagen besaß. Er schaute etwas enttäuscht und deutete auf die grüne Box, die er auf meinen Wunsch mitgebracht hatte. Ich öffnete sie und holte meine alten Utensilien für den Baustellenbedarf hervor.

„Kim, soll ich auf dich warten oder bereits vorfahren", hakte er nach.

„Es wäre schön wenn du warten könntest, Miles. Ich weiß nicht genau, wo sich dieses Hotel befindet. Du kannst solange einen Kaffee mit mir trinken, denn ich habe noch nicht gefrühstückt, weil ich vor ein paar Minuten erst aufgestanden bin. Falls du dich allerdings nicht gedulden kannst oder willst, dann geh. Ich werde schon irgendwie dahin finden."

„Schon okay. Ich warte auf dich, Kim", gab er nickend von sich und setzte sich mit an den Küchentisch.

Die Zwillinge begrüßten ihn und Miles war voll in seinem Element.

Ich beobachtete die ganze Szenerie und erinnerte mich an frühere Zeiten.

Fast geriet ich in Agonie.

Nein, schrie es in mir auf, nicht wieder in diese alte Schiene abrutschen, sonst wurde ich wieder abhängig.

Ich beeilte mich mit dem Frühstück, knuddelte Zoe und Wes und verabschiedete mich von Kathy.

Miles erhob sich ebenfalls und folgte mir in Richtung Fahrstuhl. Ich ließ ihm gerne den Vortritt und stellte mich mit erheblichem Abstand neben ihn.

Miles musterte mich dauerhaft von der Seite, was ich absichtlich ignorierte und war froh, als der Aufzug endlich in der Tiefgarage hielt.

Ich stieg aus.

„Miles könntest du bitte vor mir herfahren, damit ich dir folgen kann", bat ich.

„Kim? Wie geht es dir nach meinem unverschämten Verhalten", gab er räuspernd von sich.

„Nun Miles. Ich habe gelernt mit solchen Situationen klar zukommen, da sie schon eh und je mein Leben bestimmen", antwortete ich ihm.

Er ergriff mich ohne Vorwarnung, zog mich an sich und schaute mir tief in die Augen. In mir sträubte sich alles und ich versuchte mich verzweifelt aus seiner Umklammerung zu befreien, was mir nicht gelang. Mir blieb nichts anderes übrig, als Miles Blick zu erwidern oder die Augen zu schließen.

Ich wollte es irgendwie wissen und entschloss mich dazu seinem Blick stand zu halten.

„Miles, sei vernünftig und gib mich frei. Was soll das? Das bringt doch nichts", bat ich ihn.

Er ignorierte meinen Wunsch und fing an mich mit Küssen zu überschütten. Geschockt stand ich nur da, rührte mich keinen Zentimeter und merkte, wie mir die Nacht mit Miles einfiel, als ich ihn endlich aus seiner Reserve gelockt hatte. Ich schluckte, schloss meine Augen, neigte meinen Kopf leicht zurück und genoss einfach diesen Augenblick.

Als ich wieder zu mir kam, stellte ich mit Entsetzen fest, dass ich nackt auf Miles Hintersitz in seinem Jeep saß. Mir wurde klar, dass ich wieder abgeschaltet und Miles diese Situation schamlos ausgenutzt hatte.

Mir wurde schlecht.

Ich würgte verzweifelt und hatte das Gefühl losschreien zu müssen. Er zog sich gerade wieder an und warf mir einen triumphierenden Blick zu.

Wortlos griff ich meine Klamotten und kleidete mich ebenfalls wieder an.

Ich war völlig geschockt über mein Verhalten, stieg wortlos aus seinem Jeep und begab mich zu meinem Fahrzeug. Verwirrt stieg ich ein und wartete bis Miles sein Auto startete und vor mir herfuhr.

Unter welchen Umständen ich bei der Baustelle ankam wusste ich nicht mehr, jedenfalls erwachte ich erst wieder aus meiner Starre, als Miles vor mir abbremste und ich fast auf ihn aufgefahren wäre. Angeekelt stieg ich aus dem Porsche und vermied jeden Blickkontakt.

Er forderte mich auf einen Rundgang zu machen, damit er mir das komplette Objekt zeigen konnte.

Zögernd folgte ich ihm und war froh, als uns auf halber Strecke O´Neill entgegen kam.

Er begrüßte Miles und wandte sich dann an mich, sichtlich erfreut mich zu sehen.

Ich musste einen verwirrten Eindruck auf ihn gemacht haben.

„Kim? Kim, geht es dir gut? Du siehst völlig blass aus", fragte Ethan mich wiederholt.

„Entschuldige vielmals, Ethan. Ich mache mir bereits Gedanken über die Ausstattung fürs Hotel", erklärte ich fadenscheinig.

Er lachte und als er unbewusst meinen Arm ergriff, um mir über eine Barriere zu helfen, schlug ich ihm mit einem Aufschrei die Hand weg.

Ich wich zurück, schaute gehetzt in Miles Richtung und wäre fast noch gestürzt.

Ethan blickte mich erstaunt an und dann Miles.

Dieser grinste wie immer dreckig vor sich hin.

Als sich mein Blick, mit dem von Ethan kreuzte, erkannte ich in seinen Augen, dass er verstanden hatte, dass zwischen mir und Miles etwas vorgefallen sein musste. Miles drängte, dass er noch mehrere Objekte abfahren musste und ich ihn gerne begleiten könnte.

Angewidert schaute ich ihn an.

„Ich habe sicherlich genug zu tun und keine Lust, um sinnlos mit dir in der Gegend herumzufahren, Miles", erklärte ich.

Er lachte schallend auf, gab die Führung an Ethan ab, verabschiedete sich und streifte mich im Vorbeigehen absichtlich.

Ich stöhnte gequält auf, wich einige Schritte zurück und blieb wie erstarrt stehen.

Erst als Ethan ein paar Mal meinen Namen rief, kam ich zur Besinnung und folgte ihm verwirrt.

Seine Erklärungen bekam ich nur am Rande mit.

„Ethan? Können wir die Führung nicht auf morgen verlegen? Im Moment ist es mir nicht möglich einen klaren Gedanken zu fassen, um nur irgendwie konkret deinen Ausführungen folgen zu können. Außerdem muss ich mich in Deutschland melden, damit man sich keine Sorgen macht. Stefan hat seit gestern nichts von mir gehört und ich muss mich täglich melden, da es im Zusammenhang mit Miles steht."

Ethan nickte und zog sich diskret zurück.

Erleichtert atmete ich auf, betätigte zitternd mein Handy und hatte wenige Sekunden später Stefan in der Leitung.

Ich begrüßte ihn, entschuldigte mich wegen gestern, dass ich nicht angerufen hatte und dann versagte mir einfach die Stimme.

Stefan fragte etliche Male nach, ob es mir gut ginge und ich brach urplötzlich in Tränen aus.

Stotternd versuchte ich ihm klar zu machen, was gerade eben passiert war, als neben mir ein Schatten auftauchte. Erschrocken schrie ich auf und ließ mein Handy fallen. Ich drehte mich um und sah zu meiner Erleichterung Ethan. Er starrte mich völlig entsetzt an, bückte sich nach meinem Handy und fragte nach, wer am anderen Ende war. Ich bekam nur noch mit, dass er sich längere Zeit mit Stefan unterhielt und dann das Gespräch wegdrückte. Ethan drehte sich zu mir, kam ganz langsam auf mich zu und reichte mir das Handy.

„Kim? Stimmt es, was du gerade versucht hast deinem

Geschäftspartner zu erklären?", fragte er mit leiser Stimme.

Ich nickte nur, nahm wortlos mein Handy entgegen und drehte mich um.

Nur weg hier schrie alles in mir auf und ich verließ fluchtartig die Baustelle.

„Kim! Bitte, bleib stehen!", rief Ethan nach mir.

Ich stockte und wartete bis er mich erreicht hatte.

„In diesem Zustand wirst du nicht alleine nachhause gehen. Ich fahre, Kim", machte er mir klar.

Ich schloss meine Augen, dachte nach und entschied mich, dass Angebot von Ethan anzunehmen. Dieser atmete erleichtert auf und verlangte meinen Schlüssel.

Während ich diesen aus meiner Jackentasche zog und ihm reichte, liefen wir schweigend zum Auto.

Er schloss auf, wartete bis ich eingestiegen war und stieg dann selbst ein.

Während der Fahrt wurde mir intensiv bewusst, was mir Miles angetan hatte.

„Ethan! Mir wird kotzübel! Sofort anhalten, ich muss mich übergeben!", schrie ich.

Er stoppte, ich stürmte aus dem Auto und gab wieder einmal alles von mir.

Zitternd lief ich zurück und setzte mich neben die Beifahrertür.

Ich realisierte in dem Moment, dass Miles meinen Blackout schamlos ausgenutzt hatte, um wieder an sein Ziel zu kommen. Miles würde diese Angelegenheit sicher anders sehen und sie dementsprechend für sich auslegen. Ich fing hemmungslos zu heulen an und meine Gedanken überschlugen sich. Ethan kniete sich neben mich und schaute mich beunruhigend von der Seite an.

„Geht es dir gut? Soll ich einen Arzt kommen lassen,

Kim?", fragte er.

Ich schüttelte mehrmals mit dem Kopf und stand auf. Mein Kreislauf reagierte völlig anders als erhofft, ich sah nur noch wie Ethan aufsprang und kippte dann einfach nur weg.

Das nächste was ich dann wieder mitbekam, war, dass ich in das besorgte Gesicht von Ethan blickte.

Ich setzte mich ruckartig auf und schon drehte sich wieder alles.

Stöhnend griff ich mir an den Kopf, schloss meine Augen und legte mich wieder vorsichtig hin. Ich hatte das Gefühl zu schwimmen, mir wurde schon wieder übel und ich öffnete ganz langsam meine Augen.

Ethan fixierte mich immer noch.

„Möchtest du etwas zu trinken?"

Ich nickte und schaute mich dann in dem Zimmer um in dem ich lag.

„Du befindest dich bei mir zuhause. Ich habe Kathy benachrichtigt, dass mit dir etwas überhaupt nicht in Ordnung ist. Sie ist bereits auf dem Weg und du kannst dich mit ihr von Frau zu Frau unterhalten. Denn wenn das stimmt, was dir Miles angetan hat, bin ich wohl als Gesprächspartner fehl am Platz."

Er stand auf, wollte wissen was ich gerne trinken würde und ich überließ ihm die Entscheidung.

„Warum hast du mich denn nicht ins Appartement gefahren, Ethan?", fragte ich als er zurückkam.

„Ich wohne in der Nähe der Baustelle und habe es für sinnvoller erachtet, als mit dir lange herumzufahren. Wenn du aber sofort nachhause willst, werde ich dich dorthin bringen."

Ich schüttelte mit dem Kopf.

„Nein Ethan, es ist schon in Ordnung wie du reagiert hast und nun erklär mir, was passiert ist, nachdem ich mich übergeben habe. Ich kann mich mal wieder an nichts erinnern."

„Du bist einfach umgekippt. Ist das bei dir öfters der Fall?"

„Ja, Ethan. Ich reagiere häufig in Stresssituationen so. Deshalb hat Miles ja auch diese Gelegenheit genutzt und ist über mich hergefallen."

Ethan schaute mich unverständlich an.

„Es ist so bei mir. In bestimmten Fällen kann ich mich einfach geistig ausklinken und bekomme nichts mehr um mich herum mit. Diese Geschichte werde ich dir später ausführlich erläutern", erklärte ich ihm.

Es klingelte, Ethan stand auf, um zu öffnen und kam Sekunden später mit Kathy zurück.

Diese erschrak bei meinem Anblick.

„Mein Gott, Kim! Wie fühlst du dich? Bist du soweit in Ordnung? Ethan hat mir bereits im Telegrammstil erzählt was geschehen ist und ich werde dir gerne zuhören, wenn du darüber reden willst?"

„Ich möchte vorerst nicht darüber sprechen."

Kathy schüttelte mit dem Kopf.

„Sag mal, ist es dauerhaft sinnvoll, wenn du Miles ewig ungeschoren davon kommen lässt? Denk an deine kürzliche Kopfoperation. Du überlastest dich bereits wieder. Kim! Wach endlich auf, bevor es zu spät ist."

Ich schaute in Ethans Richtung, dieser verstand und verließ das Zimmer.

Ich erklärte Kathy was in der Tiefgarage vorgefallen war.

„Mein Gott, Kathy. Ich bin auch nicht so schuldlos daran, dass Miles mich in dem Sinn vergewaltigt hat. Hätte ich nicht mit dem Feuer gespielt, wäre es nicht passiert. Ich hätte ihn energischer in seine Schranken verweisen und es nicht zulassen dürfen."

Kathy schrie empört auf.

„Bist du des Wahnsinns! Du bist doch unter diesen Umständen nicht das Freiwild für Miles. Er weiß doch genau was dein Problem ist und das er dies auch noch schamlos ausnutzt, ist mehr als dreist. Nein, nein Kim. Ich werde heute noch mit Helen und ihm sprechen, denn ich kann mir nicht vorstellen, dass diese etwas davon weiß."

„Oh Gott, Kathy!", stöhnte ich auf. „Bitte mach dies auf keinen Fall. Wer weiß, was du damit noch auslöst." Sie war nicht mehr umzustimmen und versprach mir nun entgültig klare Fronten zu schaffen.

„Kim, entweder entscheidet sich Miles nun für dich oder er soll es dauerhaft lassen, dich zu belästigen. Auf keinen Fall werden Owen und ich weiterhin zusehen, wie du dich nervlich zugrunde richtest. Die wenigen Tage, in denen du dich hier aufhältst, haben dich bereits wieder in dein altes Schema zurückfallen lassen. Du hast es nur noch nicht bemerkt."

Ich schluckte und musste mir eingestehen, dass Kathy Recht hatte. Sie wollte nur noch von mir wissen, ob ich Miles bedingungslos liebte und ich gestand ihr, dass ich immer noch nicht wusste, wie ich meine Gefühle für ihn einordnen konnte.

Einerseits zog es mich zu ihm, andrerseits hasste ich ihn, nachdem was er mir wieder angetan hatte. Kathy machte mir den Vorschlag, dass ich mich bis zum Ende der Woche entscheiden sollte, wie ich wirklich zu Miles stand und auch ihm würde sie den gleichen Ratschlag geben. Diese ganze verworrene Geschichte musste ein Ende finden. Ich nickte, erkundigte mich nach den Kids und Kathy versprach mir, sich die ganze Woche um sie zu kümmern. Sie rief nach Ethan und erklärte ihm, was sie mit mir besprochen hatte.

Kathy wollte wissen, ob es mir recht war, dass ich hier bei Ethan blieb, damit ich eine Schutzperson bis zu meiner Entscheidung am Wochenende in meiner Nähe hatte.

Die Kids würde sie täglich nach meiner Arbeit hier vorbeibringen und wenn sich etwas änderte, sollte ich mich melden.

Ich bat beide um eine Bedenkzeit von zehn Minuten, da ich mir nicht sicher war, ob ich hier vor Ort bleiben oder einen Ersatz aus Deutschland kommen lassen würde.

Kathy nickte, verschwand mit Ethan in der Küche, um beim Zubereiten des Abendessen behilflich zu sein und sich danach die Entscheidung von mir abzuholen. Ich legte mich ins Kissen zurück und dachte sehr lange und intensiv nach.

Vielleicht war es doch besser, wenn Miles Übergriffe an mir, endlich an Helen herangetragen wurden.

Die Zeit verging und Kathy bekam von mir grünes Licht in Sachen Miles. Das Angebot von Ethan, dass er mir als Begleitschutz diente, nahm ich dankend an und hoffte inständig, dass er nicht einer dieser Typen war, der früher oder später, wie ein Geier über mich herfallen würde.

Kathy verabschiedet sich.

„Kim, möchtest du mit mir gemeinsam essen?", fragte Ethan nach.

Ich nickte.

„Ich habe tierischen Hunger, wenn du mich so fragst."

Langsam stand ich auf. Mein Kreislauf bereitete noch einige Probleme und ich bat Ethan mir behilflich zu sein.

Dieser stutzte.

„Ist das auch wirklich okay für dich? Empfindest du

keinen Ekel, wenn ich dich jetzt nach diesem Vorfall mit Miles anfasse? Ich bin ja auch ein Mann."

Ich musste über seine Frage lachen.

„Keine Angst, Ethan. Ich werde mich schon äußern, wenn mir etwas nicht passt."

Er reichte mir seine Hand, ich ergriff sie vorsichtig und ließ mich von ihm in die Küche führen.

Ethan war supermodern eingerichtet und wirklich alles war vorhanden, was Frau so in der Küche begehrte.

„Wow!", pfiff ich anerkennend. „Kochst du öfters? Ich meine, so wie diese Küche ausgestattet ist?"

„Ich habe überhaupt keine Ahnung vom Kochen. Diese Hightechküche ist mehr als Zugpferd für meine weiblichen Gäste angedacht", gestand er grinsend.

„Kann es sein, dass du ein alter Angeber und Blender bist?", meinte ich lachend.

Ethan stimmte in mein Gelächter mit ein.

„Kannst du denn kochen, Kim?", hakte er nach.

„Sicherlich, was denkst du denn. Ich verspreche dir, täglich ein schönes Gericht auf den Tisch zu bringen, sozusagen als Dankeschön von mir."

Ethan freute sich bereits auf meine Kochkünste und bat mich nach dem Essen ins Wohnzimmer.

Auch hier war alles vom Feinsten eingerichtet und ich blickte mich anerkennend um.

Das einzige was mich hier störte war, dass sich nur eine riesige Couch im Raum befand.

Mir blieb nichts anderes übrig, als mich an Ethans Seite zu setzen.

Dieser hatte soviel Feingefühl und merkte meine Abneigung.

„Ist es dir denn überhaupt Recht, wenn ich an deiner Seite sitze? Wenn nicht, sag es mir und ich werde entweder mit einem Stuhl vorlieb nehmen oder mich auf den Boden setzen."

Erstaunt blickte ich ihn an.

„Nein, ist schon okay und ich werde es überleben. Ich bin Gast hier und passe mich deinen Gewohnheiten an."

„Was möchtest du denn gerne hier vor dem Fernseher zum Trinken haben?", wollte er wissen.

Ich überließ ihm auch hier die Entscheidung.

Er kam mit Sekt und zwei Gläsern zurück.

„Ethan, ich warne dich aber gleich vor. Nach dem Genuss von mehreren Gläsern Alkohol, verfalle ich in meinen Gute-Laune-Effekt und habe mich dann nicht mehr unter Kontrolle", sah ich ihn grinsend an.

Ethan lachte.

„Keine Angst, Kim. Ich werde dich wieder auf den Boden der Tatsachen bringen. Das ist sowieso nur ein Begrüßungsschluck und gut für deinen Kreislauf, nach dem was heute vorgefallen ist."

Gekonnt öffnete er die Flasche ohne Unfall, schenkte die Gläser voll und reichte mir eines.

Ich machte es mir im Schneidersitz bequem und prostete Ethan zu.

Er lachte und wünschte mir guten Aufenthalt hier bei ihm.

Wir unterhielten uns noch über die Baustelle und wie der morgige Tag verlaufen sollte, als ich nach dem vierten Glas merkte, dass ich Lachflashs bekam.

„So, jetzt ist der Punkt erreicht, wo du genug Alkohol zu dir genommen hast", meinte Ethan grinsend.

Er wollte die Sektflasche verschwinden lassen.

Ich riss sie ihm aus der Hand und bestand darauf, diese Flasche leeren zu dürfen.

Ethan schüttelte mit dem Kopf und erinnerte mich, dass ich morgen nüchtern sein musste.

Ich äffte ihn nach und kugelte mich nur vor Lachen, da er mich mehr als geschockt anstarrte.

Ethan zog seine Augenbrauen nach oben und nahm mir bestimmend die Flasche aus der Hand.

Ich versuchte sie ihm zu entreißen und als es mir nicht gelang, wurde ich wütend, schlug nach Ethan und schubste ihn von der Couch.

Er stand ruhig und gelassen auf, kam auf mich zu und goss die restliche Flasche Sekt über meinem Kopf aus.

Ich schnappte verzweifelt nach Luft und schaute ihm erschrocken ins Gesicht.

So war noch keiner mit mir verfahren.

„Hast du genug? Die Flasche ist leer. Verlangst du Nachschlag auf die gleiche Art und Weise? Im Keller befinden sich noch mehr Flaschen und wir können das Spiel den ganzen Abend fortführen. Wenn du allerdings schnell duschen willst, um das klebrige Zeug abzubekommen, zeige ich dir das Badezimmer", gab er gelassen von sich.

Ich war so sprachlos über dieses Verhalten, dass ich stotternd nach dem Bad fragte.

Ethan reichte mir die Hand, ich ergriff sie und ließ mich von ihm zum Badezimmer führen.

Er erklärte mir kurz, wo sich Badelaken und Utensilien befanden und verschwand wieder.

Ich zog mich aus, schämte mich für mein Verhalten und verzog mich unter die Dusche.

Ethans Dusche war keine Standarddusche.

Sein Bad war mehr im griechischen Stil gehalten und glich einer Grotte.

Die Dusche war so gebaut, dass man erst nach einem Halbkreis in das direkte Zentrum kam.

Somit hatten locker mehrere Personen Platz.

Ich grinste in mich hinein und dachte typisch Mann.

Er hatte alles Erdenkliche für etwaige Spielchen in Erwägung gezogen und die Duschköpfe sahen aus wie Wasserspeier in Form von Tierköpfen.

Ich schaute mich um und war fasziniert. Nachdem ich das kalte Wasser über mich hatte laufen lassen, war ich wieder einigermaßen nüchtern.

Ich wickelte mich in ein riesiges Badelaken und ging ins Wohnzimmer, wo Ethan völlig entspannt auf der Couch saß.

Räuspernd machte ich mich bemerkbar.

„Entschuldigung für mein unmögliches Benehmen, Ethan."

Er lachte und winkte ab.

„Vergiss es einfach. Wenn du noch Lust hast, kannst du dich gerne zu mir setzen."

Ich verzog mich ganz ans Ende der Couch und machte es mir dort gemütlich so gut es ging.

Ethan schaute gerade einen extrem gruseligen Horror und ich zuckte mehrmals erschrocken zusammen.

Mein Nervenkostüm war auch nicht mehr das, was es einmal war und langsam fing ich an zu frieren. Ethan schien mich beobachtet zu haben.

„Falls dir der Film in dieser Art nicht zusagt, kann ich umschalten."

Ich verneinte.

„Darf ich etwas näher an dich rutschen?", fragte ich.

„Kein Problem, du brauchst keine Hemmungen zu haben, ich werde nicht über dich herfallen", meinte er lachend.

Als ich zusammenzuckte, entschuldigte er sich für seine unqualifizierte Ansage.

Ethan erhob sich, verschwand in eines der Zimmer, brachte mir Kissen und Decke und erwähnte, dass ich sicher etwas frieren würde. Seufzend bedankte ich mich, rutschte noch etwas näher und kuschelte mich in die wärmende Decke.

Nach kurzer Zeit fielen mir die Augen zu.

Obwohl ich verzweifelt versuchte mich wach zu halten, versank ich im Land der Träume.

So bekam ich nicht mehr mit, dass ich direkt in Ethans Schoß rutschte.

Ein sanftes Rütteln weckte mich.

Verschlafen öffnete ich meine Augen und sah direkt in die von Ethan.

„Kim? Kim! Ich würde gerne in mein Bett gehen. Mir ist bereits im unteren Bereich alles eingeschlafen", gab er grinsend von sich.

Ich runzelte die Stirn, registrierte was er damit meinte und schoss wie von der Tarantel gebissen hoch.

„Oh, mein Gott. Es tut mir leid, Ethan. Entschuldige, ich wollte dir nicht auf die Pelle rücken und habe das nicht mit Absicht gemacht."

Mir stieg die Schamesröte ins Gesicht, als mir klar wurde, wo ich da gerade gelegen hatte.

Ethan lächelte, langte neben sich und reichte mir das Badelaken.

Ich schaute ihn verdutzt an und bemerkte, dass ich nackt vor ihm stand.

Nein, bitte nicht schon wieder. Mir wurde bewusst, dass ich durch die heftige Bewegung beim Aufstehen, dass Laken verloren hatte.

Ethan stand langsam auf, legte es mir um, da ich wie erstarrt stand und nicht reagierte.

Ich stöhnte, griff schnell nach der Bettdecke, sank auf die Couch und wäre am liebsten in ein Mauseloch gekrochen.

Völlig entnervt zog ich die Decke über den Kopf und fing hemmungslos zu Heulen an.

Verdammt noch einmal, dachte ich und wieder hatte ein Mann geschafft mich in diese Situation zu bringen.

Nachdem ich mich etwas besser fühlte, setzte ich mich hin und sah direkt in Ethans Augen, der vor mir kniete.

„Ich wollte nicht, dass du in Tränen ausbrichst. Hätte ich dir nicht den Sekt über den Kopf geschüttet, wärst du nicht in diese kompromittierende Situation geraten. Im Grunde bin ich auch nicht viel besser als Miles", entschuldigte er sich bei mir.

Ethan reichte mir versöhnend ein Taschentuch und wollte wissen, warum ich gerade so emotional reagiert hatte.

Ich sah ihn an.

„Ethan, ich bin bereit dir meine Geschichte zu erzählen. Irgendwann werde ich es sowieso tun, also warum nicht jetzt. Wenn du allerdings zu müde bist, können wir es auf einen anderen Tag verschieben."

Er verneinte und wollte mir sehr gerne zuhören.

Ich setzte mich zu ihm gegenüber auf den Boden, reichte ihm meine Hände und bat ihn darum, mich nicht zu unterbrechen, bis ich geendet hatte.

Danach könnte er mir Fragen stellen soviel er wollte.

Ethan versprach es und ergriff meine Hände.

Ich schloss meine Augen und begann zu erzählen. Nachdem ich meine Geschichte bis ins intimste Detail offen gelegt hatte, schaute ich ihn an und bemerkte, dass er blutleer im Gesicht war.

„Ethan? Geht es dir gut?", fragte ich und er nickte mir nur stumm zu.

Er schluckte ein paar Mal und rang um Fassung. Dann ließ er mich los, stand langsam auf und verschwand in die Küche. Als er nach geraumer Zeit nicht mehr zurückkam, folgte ich ihm und fand ihn mit gesenktem

Kopf am Küchentisch vor.

Ethan schien mich gehört zu haben, stand auf und vermied es mich anzusehen.

Ich lief um ihn herum, sah Tränen in seinen Augen und hätte nie gedacht, dass meine Geschichte einen Mann so berühren konnte.

Beschämt senkte ich meinen Blick, lief zurück ins Wohnzimmer und holte die restlichen Taschentücher für Ethan.

„Sorry, für meinen Gefühlsausbruch. Sicher denkst du jetzt, ich bin ein Weichei", meinte er.

Ich schnappte nach Luft und schaute ihm erschrocken ins Gesicht.

„Nein, Ethan. Mir ist ein Mann, der Gefühlsregungen offen zeigen kann lieber als ein kalter berechnender Macho."

Um meinen Worten Nachdruck zu verleihen, stellte ich mich auf meine Fußspitzen, drückte Ethan einen Kuss auf den Mund und bedankte mich, dass er mir so geduldig zugehört hatte.

Ethan war extrem geschockt über meinen bisherigen Lebensweg.

„Wie hast du das die ganze Zeit nur ausgehalten?", fragte er nach.

Ich konnte es ihm nicht erklären.

„Das ist eben mein Schicksal und ich muss das Beste daraus machen."

Ethan konnte auch Miles nicht verstehen und er wäre froh gewesen, wenn er je so eine Freundin gehabt hätte, die zu ihm in allen Höhen und Tiefen gestanden hätte.

Müdigkeit machte sich plötzlich in mir breit und ich fragte ihn, wo ich heute Nacht schlafen konnte.

Ethan ließ mir freie Wahl. Ich entschied mich für die

Riesencouch, wünschte ihm eine gute Nacht und verzog mich.

Ausgeruht wachte ich am nächsten Morgen auf und eilte in die Küche.

Es war gerade gegen sechs Uhr und ich wollte Ethan mit einem Frühstück überraschen.

Ein gezielter Blick in sämtliche Schränke genügte und ich hatte meine Zutaten für alles zusammen. Während der Kaffee durchlief und Toast, Schinken, Speck und Eier langsam vor sich hinschmurgelten, eilte ich ins Badezimmer.

Mit einem Aufschrei wich ich zurück, als Ethan nackt vor mir stand.

Ich machte auf dem Absatz kehrt und schlug die Tür hinter mir zu. Nahm denn dieser ganze Wahnsinn kein Ende und warum konnten verdammt die Mannsbilder nicht ihre Türen abschließen. Ich rannte etwas verstört in die Küche zurück, kümmerte mich wieder ums Frühstück und musste urplötzlich über die erlebte Situation schallend lachen.

Soviel Deja-vu-Erlebnisse konnte es doch gar nicht geben.

Ethan war inzwischen in der Küche erschienen und entschuldigte sich.

„Sorry, Kim. Ich habe tatsächlich vergessen die Tür abzuschließen."

„Na ja, Ethan. Du bist es ja gewohnt alleine zu leben. Aber solange ich hier wohne ist es besser, wenn du abschließt. Zum Glück bin ich nicht erblindet und bei dieser Ausstattung eher neugierig geworden", gab ich lachend von mir.

Erschrocken schlug ich mir dann die Hand vor den Mund und nun war Ethan an der Reihe in schallendes Gelächter auszubrechen.

Ich wurde krebsrot und entschuldigte mich für diesen Ausrutscher.

Ethan konnte sich gar nicht mehr beruhigen, ich drehte mich um und deckte lautstark und selbst über mich wütend, den Tisch.

„Hat mir Kathy gestern Kleidung zum Wechseln mitgebracht?", fragte ich zur Ablenkung.

Ethan nickte und erklärte mir unter Lachen, wo ich sie finden konnte.

Ich bedankte mich, stürmte aus der Küche, schnappte mir meine Kleidung aus dem Nebenraum und verschwand ins Bad.

Nachdem ich mich erfrischt und umgezogen hatte, gesellte ich mich wieder zu Ethan in die Küche. Dieser grinste mich beim Eintreten an und brach erneut in Gelächter aus.

Ich schaute ihm provozierend ins Gesicht, streckte ihm den Mittelfinger entgegen, was ihn nur noch mehr zum Lachen anspornte. Ich gab auf, setzte mich an den Tisch, um endlich zu frühstücken und vermied Ethan anzusehen.

Er bedankte sich für das leckere Frühstück und fragte nach, ob ich ihn mit auf die Baustelle nehmen könnte, da er ja dort noch sein Auto stehen hatte.

Ich nickte und wenn er los wollte, musste er es nur sagen.

Ethan entschied, dass wir nach dem Frühstück fahren konnten. Wir räumten zusammen das Geschirr in die Spülmaschine, schnappten uns die Utensilien und stiegen ins Auto.

Ethan überreichte mir die Schlüssel, ich fuhr los und bat ihn um Hilfe, da ich gestern überhaupt nicht mitbekommen hatte, wo wir hin mussten.

Er versprach mir, dass er mir in den nächsten Tagen

ein Navi besorgen würde, damit ich nicht ständig Hilfe brauchte. Ich bedankte mich und schon fuhren wir auf der Baustelle vor. Wir stiegen aus, Miles eilte auf uns zu, begrüßte Ethan und wandte sich dann an mich.

„Ich muss dich jetzt sofort unter vier Augen sprechen, Kim."

Ich erschrak und mir fiel ein, dass Kathy gestern noch bei ihm und Helen vorbeigeschaut hatte.

Mir wurde schlecht.

„Kann das nicht bis zur Mittagspause warten, Miles?"

„Nein, Kim! Jetzt sofort und keine Sekunde später!", blaffte er.

Ich schaute hilfesuchend in Ethans Richtung.

„Kim! Ich will mit dir alleine reden und nicht im Beisein von Ethan", gab Miles von sich.

Ich schluckte, nickte Miles zu und dieser forderte mich auf ihm zu folgen.

Miles lief Richtung Bauwagen, scheuchte sämtliche Arbeiter aus diesem und schlug dann die Türe hinter sich zu. Er drehte sich langsam in meine Richtung.

„Sag mal, hast du einen Vollschlag? Was du da gestern wieder veranstaltet hast, ist wieder typisch für dich. Wie kannst du es wagen mir Kathy auf den Hals zu schicken, um deine dreckigen Lügen zu verbreiten. Du hast es doch auch gewollt und jetzt beschuldigst du mich schon wieder der Vergewaltigung."

Ich schaute ihn entsetzt an.

„Miles! Ich weiß überhaupt nicht mehr, was gestern passiert ist. Ich kam erst wieder zu Bewusstsein, als ich nackt auf dem Rücksitz saß. Von den Küssen bis zur Szene auf dem Rücksitz habe ich dazwischen überhaupt keine Erinnerung. Du hast doch nur an dich gedacht und meine Situation in jeder Hinsicht schamlos ausgenutzt. Ich hasse dich! Verschwinde doch endlich aus meinem Leben!", schrie ich.

Dieser lachte spöttisch auf.

„Nun Kim, kein Problem. Ich will nichts mehr von dir und sieh dies von gestern als Abschiedsgeschenk von mir an. Helen ist von mir schwanger und somit habe ich endlich die Erfüllung, die ich wollte", meinte er ruhig und gelassen.

Ich schluckte und schaute ihn geschockt an.

„War es das jetzt, Miles nach so langer Zeit? Hast du mit den Zwillingen nicht die Erfüllung, die du wolltest? Was wird nun aus Zoe und Wes? Besteht von deiner Seite noch Interesse an ihnen?", fragte ich verstört.

„Kim, lass es doch einfach auf dich zukommen. Meine kleinen Bastarde liebe ich trotzdem", gab er bissig zurück.

Nach diesen Worten drehte er sich um und verließ den Bauwagen. Ich stand wie erstarrt und kam erst wieder zu mir, als mich Ethan ganz vorsichtig antippte und nachfragte, ob alles in Ordnung wäre.

Ich erwachte wie aus einem Rausch, nickte ihm verstört zu und musste das eben gehörte verdauen.

Bastarde hatte Miles unsere Kinder tituliert. Ich war völlig neben der Kappe und wäre dadurch fast noch in eine Baugrube gefallen, wenn Ethan mich nicht zurückgerissen hätte.

Er schnappte mich, verfrachtete mich ins Auto und fuhr schnurstracks wieder zurück in sein Anwesen.

Wie in Trance folgte ich ihm ins Haus und setzte mich auf die Couch im Wohnzimmer.

Ethan eilte in die Küche, kam mit einem Glas Wasser zurück, kniete sich vor mich und reichte es mir.

Ich starrte ihn an, ergriff das Glas und schüttete es ihm ins Gesicht.

„Ihr Männer seit doch alle die gleichen Schweine", gab ich emotionslos von mir.

Ethan zuckte kurz zusammen, während das Wasser an seinem Gesicht herunterlief. Er nahm mir wortlos das Glas aus der Hand und ging in die Küche zurück.

In diesem Moment erinnerte er mich an Miles. Ich wurde über diese gelassene Reaktion mehr als wütend, dass ich aufgebracht hinterher eilte, ihn herumriss, mit meinen Fäusten auf ihn einschlug und anfing wie eine Irre zu schreien.

Ethan stand nur da und wartete bis ich mich völlig verausgabt hatte.

Als ich nicht mehr konnte nahm er mich auf seine Arme, brachte mich wieder zurück ins Wohnzimmer und setzte mich auf die Couch ab.

„Bist du zufrieden und hast genug Luft abgelassen, Kim", meinte er ganz ruhig.

Ich schlug die Hände vor mein Gesicht.

„Mein Gott, Ethan. Es tut mir furchtbar leid wegen dieses Ausrastens. Bitte verzeih mir ich wollte das nicht."

„Es ist okay. Möchtest du darüber reden, was im Bauwagen vorgefallen ist?", fragte er gelassen und ich nickte.

Er setzte sich neben mich und ich erzählte ihm, was Miles vorhin zum Besten gegeben hatte. Nach dieser Ausführung schaute er mich ziemlich lange an und zog mich dann in seine Arme. Ich hatte keine Kraft mehr, ließ es geschehen, genoss die Wärme, die er ausstrahlte und hoffte, dass er meine Lage nicht ausnutzte.

Nach geraumer Zeit löste ich mich von ihm.

„Ich muss Stefan anrufen", erklärte ich.

Ethan stand auf und holte mein Handy.

Stefan war sofort in der Leitung und fragte aufgeregt

nach, ob alles in Ordnung wäre.

Ich beruhigte ihn. Erzählte ihm nochmals die ganze Geschichte, inklusive was vorhin passiert war.

Stefan war völlig außer sich.

„Kim, ich denke es ist besser, wenn wir einen Austausch vornehmen. Oder willst du unter diesen unhaltbaren Umständen noch bleiben", fragte er.

„Die Angelegenheit ist geklärt und für mich erledigt. Ich gönne Miles diesen Triumph sicher nicht, indem ich kampflos das Feld räume", gab ich nach einem Seitenblick auf Ethan an Stefan weiter.

„Kim ich lege dir nahe, dich in nichts zu verrennen. Nicht das noch etwas passiert. Das ist die Sache nicht wert. Ist Ethan in deiner Nähe? Wenn ja, möchte ich ihn gerne sprechen."

Ich reichte das Handy an Ethan weiter. Er verschwand damit in die Küche und somit konnte ich das weitere Gespräch nicht verfolgen. Im Moment war mir sowieso alles egal und ich legte mich entnervt auf die Couch.

Ethan kam kurze Zeit später zurück und reichte mir dass Handy.

Ich nahm es entgegen.

„Um ganz auf Nummer sicher zu gehen werde ich dir trotzdem jemanden zur Verstärkung schicken, Kim. Es ist besser so", teilte Stefan mir mit.

Ich bedankte mich, verabschiedete mich von ihm und schloss aufstöhnend meine Augen. Ethan verschwand wieder in die Küche und der Gedanke, dass Helen nun doch von Miles schwanger war, trieb mir die Tränen in die Augen und ich heulte still vor mich hin.

 Ethan der kurze Zeit später zurückkam, um mir mitzuteilen, dass er frischen Kaffee aufgesetzt hatte, erschrak, als er mich in aufgelöstem Zustand sah und setzte sich neben mich.

„Ethan, bitte nimm mich in deine Arme und halte mich ganz fest. Ich habe gerade das Gefühl den Boden unter den Füßen zu verlieren", bat ich ihn.

Er folgte meiner Bitte.

„Kim, mal ehrlich. Bist du dir sicher, dass du Miles nicht mehr liebst? Es hat eher den Anschein, dass dir der Zustand in dem Helen sich befindet nicht in dein Konzept passt", fragte er vorsichtig nach.

„Ethan, ich weiß nicht was ich will und bin wieder in meinen Gefühlen hin und her gerissen", gestand ich.

„Ich kann verstehen was du meinst, Kim", sagte er und drückte mich noch fester an sich.

Wir schraken zusammen, als in diesem Moment das Telefon klingelte.

Ethan stand auf, hob ab und ich bekam mit, dass er sich mit Owen unterhielt.

Er wandte sich an mich und fragte, ob ich mich besser fühlen würde, da Kathy uns zum Mittagessen einladen wollte.

Ich nickte.

Ethan sagte zu, beendete das Gespräch und scheuchte mich in die Küche zum Kaffeetrinken.

Lachend folgte ich ihm.

„Kim, was hältst du davon, wenn wir heute Abend ausgehen, damit du auf andere Gedanken kommst."

Ich überlegte.

„Ich hätte schon Lust dazu, einmal etwas zu unternehmen", erklärte ich.

„Okay. Also ohne große Umschweife. Ich weiß, dass du gerne zum Tanzen gehst und wollte mit dir in die Disco, in der du früher schon mit Miles unterwegs gewesen bist. Ich hoffe es ist kein Problem für dich."

Ich war über Ethans Offenheit so erstaunt, dass ich

nur noch nickend zustimmte.

Er lachte und freute sich schon darauf.

„Mein Gott, Kim. Ich war vor drei Jahren das letzte Mal in diesem Schuppen. Gibt es überhaupt dieses Teufelsgetränk noch?"

Ich grinste und nickte.

„Ich warne dich jetzt schon vor. Sobald gute Musik aufgelegt wird, verausgabe ich mich bis zum Letzten. Mit dem Teufelsgetränk habe ich bereits zweimal Bekanntschaft gemacht und kenne die Wirkung", gab ich lachend von mir.

Ethan schaute gespielt enttäuscht.

„Schade. Nun habe ich nicht die Gelegenheit, dich damit aufs Kreuz zu legen und dir meine Ausstattung zu zeigen, auf die du so neugierig bist", meinte er lachend.

Ich prustete los, verdrehte meine Augen und wurde rot im Gesicht.

Ich schwor mir in Zukunft genau darauf zu achten, was ich von mir gab.

Ethan zwinkerte mir zu und freute sich schon auf heute abends.

Das Telefon klingelte. Ethan stand auf, verschwand und kurze Zeit später rief er mich ins Wohnzimmer.

Er teilte mir beim Eintreten mit, dass mich Miles sprechen wollte und ich zuckte zusammen.

Zitternd nahm ich den Hörer entgegen und meldete mich.

„Kim, ich möchte mich tausendmal für meinen Auftritt entschuldigen. Wie kann ich das wieder gut machen?", fragte er zerknirscht.

Ich schluckte, mir wurde schlecht und meine Gefühle gerieten wieder in Aufruhr.

Ich sackte keuchend in die Knie.

„Miles, ich bitte dich, lass mich endlich in Frieden und spiele nicht ständig mit mir. Freu dich doch einfach auf da Kind, dass du mit Helen zusammen bekommst und lass mich endlich mein Leben so leben, wie ich es möchte. Stefan hat mir jemanden zur Seite gestellt und wenn du nicht endlich Ruhe gibst, verlasse ich dich für immer."

„Trotzdem liebe ich dich und daran wird sich nichts ändern, Kim. Wir gehören zusammen", erklärte er und legte dann auf.

Ich ließ den Hörer fallen und vergaß alles um mich herum.

Unbewusst krümmte ich mich zusammen und nahm die Embryohaltung ein.

Ich schlang meine Arme hinter meinen Nacken und wippte vor und zurück.

Ich konnte nicht mehr, heulte und wenn das nicht endlich ein Ende fand, drehte ich noch komplett durch.

Ethan schritt auf mich zu, legte den Hörer auf und kniete sich dann zu mir.

Behutsam löste er meine ineinander verkrallten Hände und zog mich langsam an sich.

Ich schaute ihn an.

„Verdammt, Ethan ich halte diese Quälerei nicht mehr lange aus", heulte ich.

Er setzte sich an den Schrank und nahm mich beschützend in die Arme.

Ich war seelisch am Boden zerstört und schaltete wieder ab.

Ethan stand vorsichtig auf, hob Kim hoch, legte sie auf die Couch und deckte sie liebevoll zu.

Dem ganzen musste ein Ende gesetzt werden, sonst

drehte Kim irgendwann einmal durch.

Er rief Kathy an, erklärte die Sachlage und dass er mit mir nicht zum Mittagessen erscheinen würde.

„Kim hat im Moment Ruhe nötig. Heute Abend will ich versuchen, sie trotz ihres Zusammenbruches, zum Ausgehen zu bewegen. Zum Glück will Stefan einen Ersatz schicken und somit kann sie entlastet werden."

Kathy lachte.

„Ethan, täusche dich nicht in ihr. Kim hat ein enormes Energiepotential, dass man so nicht sehen kann."

„Kathy? Dieses Potential ist meiner Meinung nach mit dem heutigen Tag erloschen. Ich habe Kim in einem sehr schlechten Zustand vorgefunden, nachdem sie mit Miles dieses Gespräch geführt hat. Ich glaube kaum, dass sie über viele Energiereserven verfügt. Entweder wird sie irgendwann wahnsinnig oder sie tut sich erneut etwas an."

Kathy schrie erschrocken am anderen Ende auf.

„Ethan ich beschwöre dich, gut auf Kim aufzupassen. Ich werde Owen damit beauftragen, dass er mit Miles noch einmal Klartext redet, um herauszubekommen, was dieser eigentlich vorhat."

Ethan versprach Kathy ein besonderes Auge auf mich zu haben.

„Ich glaube ich habe mich verliebt, Kathy. Ich bin mir sicher, in Kim die richtige Frau gefunden zu haben", gab er von sich

„Ich wünsche dir viel Glück dabei. Bedenke aber, dass immer noch Miles der Favorit ist und du Kim jederzeit wieder verlieren kannst."

„Das ist mir im Moment egal. Auch wenn ich vor den Kopf gestoßen werde, muss ich es versuchen. Wie soll ich sonst in Erfahrung bringen, ob Kim auch etwas für mich empfindet. Ich werde weder etwas planen noch irgendetwas erzwingen. Das Schicksal soll entscheiden wie schon so oft."

Kathy seufzte auf und verabschiedete sich. Ethan setzte sich vor Kim auf den Boden, beobachtete sie beim Schlafen und hauchte ihr dann einen zärtlichen Kuss auf den Mund. Kim stöhnte kurz auf und schlief dann weiter. Ethan verstand nicht, wie man so einem wundervollen Geschöpf, so wehtun konnte.

Ich wachte auf und blickte wieder direkt in Ethans Augen. Dieser schien die ganze Zeit vor mir auf dem Boden gesessen und mich beobachtet zu haben. Was hatte ich nur an mir, dass mich jeder Mann intensiv studieren musste.

„Ethan, ist es dir nicht zu unbequem, wo du dich gerade befindest", fragte ich.

Er schüttelte mit dem Kopf.

„Nein Kim, dein Anblick entschädigt mich für alles", meinte er.

Ich wurde wieder einmal rot, zog mir die Decke über den Kopf, hörte wie er leise lachte und sich erhob.

Ethan brachte mir soviel Verständnis, Geduld und Zuneigung entgegen, trotz Attacken gegen ihn, wie noch kein anderer Mann in meinem Leben.

Peinlich berührt setzte ich mich langsam auf. Ein Blick auf die Uhr ließ erkennen, dass wir das Mittagessen bei Owen und Kathy verpasst hatten. Ich stand auf, eilte in die Küche und machte Ethan darauf aufmerksam. Er winkte ab.

„Kein Problem, ich habe alles mit Kathy geklärt und du brauchst dir keine Gedanken zu machen, Kim. Kathy wünscht uns für heute abends viel Spaß und du sollst mal richtig ausspannen."

„Ethan, ich habe keine große Lust nach dem

Gespräch mit Miles, noch großartig auf die Piste zu gehen", druckste ich herum.

„Kim, du hast es mir doch versprochen und ich war nun schon drei Jahre nicht mehr in diesem Schuppen", meinte er enttäuscht.

Ich seufzte und stimmte dann doch zu.

Ethan freute sich und fragte nach, was man denn nun so in einer Disco tragen würde.

Ich erschrak und stellte fest, dass ich für heute Abend nichts Passendes zur Verfügung hatte.

Wir wurden uns einig, dass wir nicht lange die Schränke durchwühlen, sondern gleich losfahren würden, um uns neu einzukleiden.

Schnell war ich umgezogen und Ethan wartete bereits ungeduldig vor dem Auto.

Ich musste lachen und der restliche Tag schien noch gut auszuklingen.

Ethan war natürlich auch Insider, was Markenware anbetraf. Er schleifte mich in namhafte Geschäfte des Ortes, um etwas halbwegs Tragbares für sich und mich zu finden. Ich amüsierte mich köstlich über ihn, da er sämtliche Verkäufer zur Verzweiflung brachte. Am Schluss nahm ich dann sein Styling selbst in die Hand und verpasste ihm ein passendes Outfit. Ethan dankte mir und war sich sicher, dass er damit heute abends wie eine warme Semmel weg ging.

Ich lachte und suchte mir etwas Ausgefallenes aus.

Er pfiff anerkennend durch die Zähne, als ich mein Outfit präsentierte und war sich auch hier sicher, dass er heute besonders auf mich aufpassen musste.

Vergnügt verließ ich mit ihm den Laden und lud ihn in mein Stammcafè aus früheren Zeiten ein. Ethan nickte und so schleifte ich ihn dorthin. Das Cafè hatte sich nicht verändert und wie es der Teufel wollte, sah ich

Bill und Dana an einem der Tische sitzen. Es gab ein riesiges Hallo, als sie mich erblickten. Ich musste mich beherrschen, um nicht schon wieder loszuheulen. Ich stellte Ethan vor und beide begrüßten ihn. Dana stand kurz vor der Niederkunft und hatte eine Riesenkugel, wie ich damals bei den Zwillingen.

„Dana? Darf ich über deinen Babybauch streicheln", fragte ich sie.

Sie lachte und erlaubte es mir. Bill beobachtete mich grinsend.

„Na, Kim? Du wirst doch nicht etwas Ähnliches in dieser Art in Erwägung ziehen?", fragte er witzelnd.

Ich zog ruckartig meine Hand zurück, starrte Bill entgeistert an und rannte wie vom Teufel verfolgt aus dem Cafè.

Ethan rief hinter mir her und schon stand ich draußen. Keuchend sog ich die Luft ein und dachte an Miles, der mich vor Tagen vergewaltigt hatte.

Allein dieser Gedanke ließ mich aufstöhnen.

Was, wenn ich nun wieder von ihm schwanger war.

Ich nahm schon eine zeitlang keine Verhütungsmittel mehr, weil es nicht nötig gewesen war.

Mein Gott, ich hatte bereits in München mit Miles geschlafen und keine Verhütung benutzt.

Morgen musste ich sofort einen Schwangerschaftstest besorgen.

Ich verwarf den Gedanken wieder und wollte sofort eine Bestätigung ob schwanger oder nicht, sonst hatte ich heute Nacht keine Ruhe.

Ethan war mir nachgeeilt und fand mich in diesem Zustand vor.

„Was ist los, Kim?", fragte er.

„Bills Ansage hat gerade etwas in mir ausgelöst, was mir bis jetzt nicht wichtig erschien und an das ich überhaupt nicht mehr gedacht hatte. Ich muss sofort in eine Apotheke und mir einen Test besorgen. Ich muss ausschließen, dass ich von Miles schwanger bin", klärte ich ihn auf.

„Kann ich dir helfen?", fragte er nach.

„Nein, dabei kannst du mir nicht helfen, Ethan. Geh wieder zurück ins Cafè und warte dort auf mich. Inzwischen kannst du Bill und Dana aufklären, warum ich so reagiert habe. Sie haben mein uneingeschränktes Vertrauen und ich muss mir Klarheit verschaffen."

„Kim, mach bitte keine Dummheiten, auch wenn der Test positiv ausfällt. Man findet immer eine Lösung", legte er mir ans Herz.

„Oh je, Ethan. Mit einem Schwangerschaftstest kann man sich schwer das Leben nehmen", gab ich lachend von mir.

„So witzig ist das überhaupt nicht, Kim", antwortete er und verschwand.

Ich eilte in die nächste Apotheke und nahm erleichtert den Test entgegen. Die Verkäuferin bemerkte meine Unruhe und erkundigte sich, ob ich ihn gleich machen wollte.

Als ich nickte, zeigte sie mir den Weg zur Toilette. Ich zitterte am ganzen Körper und wartete gespannt auf das Ergebnis. Nach der angegebenen Zeit schloss ich meine Augen und nahm den Test hoch.

Ich zählte bis drei, öffnete meine Augen und starrte auf das Ergebnis. Oh mein Gott, ich war nicht schwanger. Auf Nachfrage wie sicher dieser Test sei, bekam ich zur Antwort, dass innerhalb von Stunden nachvollziehbar war, ob schwanger oder nicht. Ich atmete erleichtert auf und machte mich wieder auf den Weg zurück ins Cafè.

Dort wurde ich bereits mit Spannung erwartet und Bill

entschuldigte sich sofort bei mir.

Ich winkte ab.

„Kein Problem, Bill. Durch deinen Spruch hast du mich zum Glück auf die Idee gebracht, diesen Test zu machen", bedankte ich mich bei ihm.

Die Bedienung kam, fragte nach meinem Wunsch und ich bestellte mir einen Milchkaffee. Ich schaute in die Runde, blickte in fragende Gesichter und wurde ernst.

„Leutchen, ich habe eine positive Nachricht. Ich bin doch nicht schwanger", gab ich zögernd das Ergebnis bekannt und musste über die, für einen kurzen Augenblick entsetzten Gesichter grinsen.

Bill und Dana lachten befreit auf. Ethan gab ein erleichtertes Aufstöhnen von sich.

Ich schaute ihn erstaunt an und er lächelte mir zu.

„Ich habe das Gefühl, dass Miles langsam, aber sicher abdreht und nicht mehr Herr seiner Sinne ist", meinte Bill.

„Verdammt, Bill! Ich erinnere dich daran, dass du einmal Miles bester Freund gewesen bist", unterbrach ich ihn barsch.

Bill senkte beschämt den Kopf und schluckte.

„Obwohl Miles mir das angetan hat und mich immer wieder bis kurz vor den Wahnsinn treibt mit seinen Stimmungsschwankungen, mag ich ihn irgendwie immer noch. Miles ruft ständig um Hilfe und keiner hört ihn wirklich. Helen hat ihn nun komplett in ihren Fängen und Miles klammert sich deshalb an sie, da sie ihm das gibt, was andere verweigern. Einfach nur Zuneigung, egal welcher Art. Helen mag schwanger sein, aber mit Sicherheit nicht von Miles. Nach dem Anruf von heute bin ich mir sicher, denn er hat sehr verzweifelt geklungen. So wie ich Helen kenne, ist sie wohl eher von Jack schwanger", erklärte ich.

Bill und Dana schauten mich entsetzt an.

„Meinst du nicht, dass du dich in etwas verrannt hast?", fragten beide.

Ich schüttelte mit dem Kopf und erklärte ihnen, dass ich wusste wann Miles um Hilfe schrie und wann nicht.

Dann schaute ich in Ethans Richtung und sah, dass er mich während dieser Erklärung gemustert hatte und sein Resümee daraus zog.

Wir plauschten noch etwas und dann machten Ethan und ich mich wieder auf den Weg nachhause.

Während ich etwas Leichtes fürs Abendessen auf den Tisch zauberte, duschte er und stand kurze Zeit später fix und fertig angezogen vor mir. Ich lachte, verzog mich schleunigst ins Bad, um mich für ebenfalls für den Abend aufzumotzen.

Nachdem ich fertig war, eilte ich in die Küche zurück.

Ethan hatte auf mich mit dem Essen gewartet.

„Eine Frage habe ich, Kim? Hast du das vorhin im Cafè wirklich ernsthaft gemeint, dass du Miles liebst?", fragte er nach.

Ich schaute etwas erstaunt und verbesserte Ethan.

„Stopp, mir ist klar geworden, dass ich Miles noch mag, aber nicht mehr liebe. Wenn ich ihn noch lieben würde, säße ich jetzt nicht hier. Zwischen diesen beiden Begriffen ist ein enormer Unterschied. Bitte tu mir einen Gefallen und verderbe mit diesem Thema nicht den bevorstehenden Abend", bat ich Ethan.

Er nickte und versprach das Thema nicht mehr zu erwähnen.

Nach dem Essen machten wir uns auf den Weg und wie immer war der Tanzschuppen brechend voll.

Frühere Freunde waren auch anwesend, begrüßten mich herzlich und eh ich Piep sagen konnte, wurde ich von Ethan getrennt und landete wieder einmal auf der Tanzfläche.

Suchend schaute ich mich nach ihm um und erblickte Sekunden später Ethan, wie er ganz in meiner Nähe tanzte.

Ich winkte ihm zu und er grinste frech zurück.

Endlich wurden wieder langsame Lieder gespielt.

Ethan schnappte mich urplötzlich und drückte mich an sich. Ich versuchte etwas auf Abstand zu gehen und er gewährte mir diesen.

„Na, so wie ich das sehe, gehst wohl eher du weg wie eine warme Semmel", meinte er grinsend.

Ich musste lachen.

„Ethan, du musst mich nur gut festhalten, dann hast du mich auch ganz für diesen Abend zum Tanzen", erklärte ich.

Nach diesem Tanz zog er mich an einen Tisch, der frei wurde und bestellte zweimal dieses Spezialgetränk.

Ich atmete ein und machte ihn darauf aufmerksam, dass ich danach sicher nicht mehr laufen konnte und wir ein Taxi in Anspruch nehmen mussten.

Ethan lachte.

„Das ist das kleinste Problem. Wir werden schon irgendwie nachhause kommen", meinte er.

Die Bedienung brachte die beiden Getränke, kassierte und verschwand wieder.

Ich prostete Ethan zu und trank ganz vorsichtig.

„So wie es aussieht, hast du wirklich schon schlechte Erfahrung damit gemacht. Du bist ja wirklich sehr übervorsichtig", bemerkte er.

„Och, der Abend ist ja noch jung und wer weiß, was mich noch erwartet", meinte ich zwinkernd.

Endlich wurde wieder mein Musikstil gespielt und ehe mich jemand anderes auffordern konnte, schnappte ich Ethan und zog ihn auf die Tanzfläche.

Ich fuhr zur Hochform auf.

„Wow, du hast ziemlich viel Pfeffer im Hintern, Kim", meinte Ethan.

„Nicht nur da", gab ich grinsend zurück.

Ethan lachte schallend los.

„Deine Ansagen sind nicht mit Geld zu bezahlen, Kim", gab er prustend von sich.

Erschrocken hielt ich mir die Hand vor den Mund.

„Oh, mein Gott. Ich habe nicht das gemeint, was du verstanden hast", gab ich entschuldigend von mir.

Ethan grinste frech zurück.

„Was glaubst du denn, was ich wohl verstanden habe", meinte er.

Ich erstarrte urplötzlich und hatte das ungute Gefühl in diesem Wortspiel wieder Miles Charakter erkennen zu können. Kopfschüttelnd blickte ich Ethan an und verließ verwirrt die Tanzfläche. Nein, schrie alles in mir, bitte nicht schon wieder. Entweder stimmte mit mir etwas nicht, oder die Kerle waren sich alle gleich. Ich eilte an den Tisch und trank mit einem Schluck meinen Drink aus. Mir war egal was danach mit mir passierte und als die Bedienung an mir vorbeieilte, bestellte ich mir gleich noch mal einen.

Ethan war mir gefolgt und schaute mich an.

„Kim, was habe ich gerade falsch gemacht?", fragte er.

„Du nichts, Ethan. Eine meiner Ansagen hat wieder etwas ausgelöst, was dich so hat antworten lassen, wie sonst Miles es immer getan hat. Außerdem möchte ich jetzt nicht darüber diskutieren, sondern nur noch Fun haben."

Die Bedienung brachte mir in diesem Moment das Spezialgetränk und Ethan schaute mich geschockt an.

Ich grinste, prostete ihm zu und trank auch dieses

Glas auf Ex aus.

Nach ein paar Sekunden machte sich bereits die Wirkung bei mir bemerkbar und ich lachte wieder einmal vor mich hin.

Ethan bestellte zwei Gläser Wasser und schob mir eines davon zu.

Ich lachte. Ehe er sich versah und reagieren konnte, hatte ich bereits sein Teufelsgetränk geschnappt und ebenfalls auf Ex ausgetrunken. Ethan schaute mich an, als wenn ich von einem anderen Stern wäre.

„Kann es sein, dass es dir jetzt reicht, Kim?", fragte er.

„Ethan, ich bin davon ausgegangen, nachdem du dein Getränk nicht mehr angerührt hast, dass du es nicht mehr wolltest. Und bevor es schlecht wird, habe ich es vernichtet. Ich hoffe es war dir recht?", gab ich grinsend von mir.

Nun musste Ethan doch lachen und legte mir nahe doch etwas Wasser zu trinken.

Ich winkte ab.

„Das nützt jetzt auch nichts mehr, denn ich bin bereits breit. Ethan, ich möchte jetzt sofort nach Hause, mir ist tierisch übel", gab ich lallend von mir.

Ethan stöhnte auf, hakte mich unter und brachte mich nach draußen.

Ich schaffte es gerade noch zum nächsten Mülleimer und übergab mich wieder einmal.

Mir war klar, was mich morgen früh erwarten würde und ich kicherte vor mich hin. Ethan fand dies gar nicht prickelnd und verfrachtete mich mit Nachdruck ins Auto.

Schweigend drückte er mir eine Tüte in die Hand.

„Bitte dahinein und nicht in mein Auto", meinte er.

Ich lachte und versprach mein bestmögliches zu tun.

Er schüttelte den Kopf und fuhr los.

Komischerweise behielt ich alles bei mir und war wieder etwas nüchtern, als wir bei Ethan ankamen. Ich stieg lachend aus, wartete auf ihn, hakte mich unter und schaffte es noch bis zur Haustür. Dort lehnte ich mich mit dem Rücken dagegen, rutschte langsam nach unten und stierte vor mich hin.

„Mir ist schlecht und ich fahre Karussell. Steig doch eine Runde mit ein", gab ich lachend von mir und hielt ihm meine Hand entgegen.

Ethan schloss auf, hob mich hoch, verfrachtete mich ins Wohnzimmer, setzte mich auf die Couch und verschwand.

Ich schaute etwas irritiert hinterher und da kam er bereits mit einem Glas Wasser zurück.

„Hier Kim, ich habe etwas Alkaselzer dazugefügt und es ist besser, wenn du es trinkst."

Ich schüttelte mit dem Kopf, stellte das Glas auf den Tisch und bevor Ethan reagieren konnte, hatte ich ihn zu mir auf die Couch gezogen und mich über ihn gesetzt. Verständnislos schaute er mich an und gerade dieser Blick löste ein heißes Verlangen in mir aus.

Ich wollte wissen, wie weit ich bei ihm gehen konnte und küsste ihn ohne Vorwarnung.

Ethan reagierte nicht auf meine Spielchen und schob mich ganz langsam zur Seite.

Erstaunt sah ich ihn an.

„Es ist jetzt wohl besser, wenn du deinen Rausch ausschläfst, Kim", gab er trocken von sich.

Ich wagte einen zweiten Anlauf.

Ethan schob mich erneut bestimmend mit einem „Nein" zur Seite.

Verwirrt über sein Verhalten und das er die Situation nicht ausnutzte, setzte ich mich auf die Couch zurück und schloss die Augen.

Ethan tippte mich vorsichtig an.

„Alles klar, Kim? Geht es dir gut?", fragte er nach.

Ich nickte und sah ihn an.

„Ethan? Bin ich nicht attraktiv genug für dich, dass du mich abweist?"

„Doch Kim, du bist nicht nur attraktiv, sondern auch sehr sexy, aber nicht unter dieser Voraussetzung, da du betrunken bist. Diesen Umstand werde ich sicher nicht ausnutzen und du kannst endlich aufhören, dich ständig als Opferlamm zur Verfügung zu stellen."

Ich schluckte, stand auf, taumelte in die Küche und setzte mich auf einen Stuhl. Aufstöhnend schlug ich meine Hände vors Gesicht und schämte mich einmal mehr fast zu Tode.

Mein Gott, was musste Ethan eigentlich von mir denken.

Er schien mir gefolgt zu sein.

„Möchtest du einen Kaffee mit mir trinken. Ich denke, dass ist jetzt sinnvoll", fragte er nach.

Ich nickte und vermied es ihn direkt anzusehen. Ethan stellte die Tassen auf den Tisch, goss den Kaffee ein, reichte Zucker und Milch dazu und setzte sich mir gegenüber.

„Meinen nur schwarz. Entschuldige Ethan, für das, was gerade vorgefallen ist. Bitte, denke nicht schlecht von mir", bat ich ihn.

„Keine Angst Kim, dass werde ich sicher nicht tun. Ich habe deinen Hilfeschrei nach etwas Liebe und Zuneigung verstanden. Ich wundere mich sowieso bei diesem ewigen auf und ab in deinem Leben, dass du noch nicht durchgedreht bist."

Ich starrte ihn an.

„Weißt du Ethan, du bist bis jetzt der einzige Mann, der versucht, sich etwas in mich einzufühlen und mich nicht nur als Sexobjekt zu sehen. Ich danke dir, dass du die vorherige Situation doch nicht ausgenutzt hast", gab ich von mir und ging zurück ins Wohnzimmer.

Ich hörte wie Ethan neuen Kaffee aufsetzte.

Kurze Zeit später kam er zurück.

„Möchtest du Reden oder lieber fern sehen, Kim?", gab er räuspernd von sich.

„Beides. Außer du bist damit überfordert", antwortete ich lachend.

„Ich denke, dass bekomme ich gerade noch so auf die Reihe. Obwohl Männer sich immer nur auf eine Sache konzentrieren können. Entweder Reden oder in die Glotze gucken", konterte er.

„Okay Ethan, dann wähle mal ein gutes Programm aus und dann kannst du dich an meine Seite setzen. Du musst auch keine Angst haben, dass ich ein drittes Mal über dich herfallen werde."

„Deine Wünsche sind mir absoluter Befehl, Kim", gab er lachend von sich.

„Nun, dass wird die Zukunft erst noch zeigen, ob du meine Wünsche erfüllen kannst", erwiderte ich und konnte ein Grinsen nicht verkneifen.

Erschrocken schlug ich mir die Hand vor den Mund.

„Sorry, Ethan. Das war gerade wieder eine meiner dämlichsten Antworten, die ich je gegeben habe."

„Kim, deine spontanen Antworten sind wirklich nicht mit Gold aufzuwiegen und ich sehe es dir anhand deines Alkoholpegels nach", gab er schmunzelnd von sich.

Er eilte in die Küche, holte frischen Kaffee, stellte das Fernsehgerät an und setzte sich mit Abstand neben mich.

„Was möchtest du lieber sehen?", fragte Ethan und ich entschied mich für Horror.

Liebesfilme waren in meinem Jetztzustand nicht gerade fördernd und ich würde nur in meine Agonie verfallen und dauerhaft heulen.

Dann lieber gruseln. Ethan stand auf und holte wie am Tage zuvor Kissen und Decke, falls ich wieder frieren sollte. Ich dankte ihm und machte es mir gemütlich.

Der Horrorfilm war dieses Mal recht heftig und eine Schockszene jagte die nächste.

Ich schien unbewusst aufgestöhnt zu haben, denn Ethan erlaubte, dass ich ruhig etwas näher kommen konnte.

Das ließ ich mir nicht zweimal sagen, nahm das Angebot an und rutschte ziemlich nahe an Ethan, so dass wir Schulter an Schulter saßen.

Er schaute mich von der Seite an und konnte sich ein Grinsen nicht verkneifen.

„Kim? Willst du nicht lieber eine Schnulze gucken", fragte er vorsichtig nach.

„Ethan ich werde es überleben", gab ich zur Antwort.

Eigentlich waren Schocker meine Spezialität, aber diesen kannte ich noch nicht und er war wirklich äußerst brutal.

Ich zuckte mehr als einmal zusammen.

„Soll ich vielleicht doch meinen Arm um dich legen, Kim? Sozusagen als Schutz?", fragte er nach.

Ich nickte und er folgte lachend meinem Wunsch.

Seine Umarmung ließ die Anspannung des Tages von mir abfallen, ich lehnte mich an Ethans Brustkorb, hörte dessen beschleunigten Herzschlag und seufzte auf.

Dieser stutzte für einen Augenblick und entspannte sich dann wieder.

„Ist mit dir wirklich alles in Ordnung?", fragte er nach.

„Ja, alles im grünen Bereich. Darf ich so angelehnt

bleiben oder ist dir das zu intim, Ethan?"

„Solange du nicht über mich herfällst, genehmige ich es dir", lachte er.

„Alles klar, Ethan. Du kannst beruhigt sein. Ich werde mich nicht an dir vergreifen", antwortete ich kichernd.

Dann zog ich die Decke näher zu mir, wickelte mich einigermaßen ein und genoss die Gemeinsamkeit. Ich merkte nach kurzer Zeit, dass der Alkohol nachwirkte, mir wie eh und je ständig die Augen zufielen und war irgendwann wieder einmal eingedöst.

So bekam ich nicht mit, dass Ethan mich vorsichtig auf die Couch legte, dass Kissen unterschob und mir einen Kuss auf die Stirn drückte.

Der nächste Morgen bescherte mir beim Erwachen einen Sprintgang in die Toilette. Verfluchter Alkohol dachte ich mir nur noch und übergab mich wieder endlos. Ich lief zum Waschbecken und schaute mich im Spiegel an. Verdammt noch mal Kim, rief ich meinem Spiegelbild in Gedanken zu, höre endlich mit deiner verfluchten Sauferei auf, es bringt dir absolut nichts.

Seufzend putzte ich meine Zähne und eilte unter die Dusche.

Ich setzte mich auf den Boden der Dusche, ließ das Wasser auf mich strömen und bekam einigermaßen meinen Kopf klar.

Der gestrige Tag kam mir in den Sinn, ich schüttelte über mich selbst den Kopf und schämte mich tierisch.

Nachdenklich drehte ich die Brause zu und wollte gerade aufstehen, als Ethan über mich fiel.

Er fluchte laut auf und riss mich wieder zu Boden.

Anscheinend hatte er niemand hier vermutet und mich übersehen.

Ich schrie erschrocken auf, denn Ethan lag auf

meinem Rücken und das wohlgemerkt im nackten Zustand. Ich spürte seinen warmen Körper auf meinem, schloss stöhnend meine Augen und dachte nur noch, nicht wieder so eine vertrackte Situation.

Was nun, dachte ich und wagte mich kaum zu rühren.

Regungslos blieb ich auf meinem Bauch liegen, als Ethan schallend das Lachen anfing.

„Oha, diese Variante habe ich noch nie in Erwägung gezogen", gab er trocken von sich.

Ich bekam anhand dieser Aussage die volle Panik, drehte mich ruckartig herum und machte dadurch unsere Stellage noch schlimmer. Ethan lag nun direkt auf mir und blickte in meine Augen. Ich spürte, dass er leicht erregt war, was ich unter diesen Umständen verstand und kam ins Schwitzen. Er grinste mich an, erhob sich und reichte mir seine Hand. Am liebsten hätte ich mich in diesem Augenblick in Luft aufgelöst, denn das Schlimme war, dass ich in Gesichtshöhe auf Ethans bestes Stück, freie Sicht hatte.

„Nun Kim, ich hoffe das meine Ausstattung aus dieser Perspektive für dich zu ertragen ist", kam er mit dem lockeren Spruch rüber.

Ich blieb einfach nur sitzen und merkte wie ich rot wurde.

Ich schloss meine Augen wieder, war keiner Regung fähig und betete, dass Ethan endlich verschwand.

Weit gefehlt, denn er stupste mich an.

„Stell dich nicht so kindisch an und steh endlich auf, Kim. Wir sind beide erwachsen und jeder weiß, wie das andere Geschlecht aussieht und funktioniert."

Ich schluckte, schaute hoch und er reichte mir erneut die Hand. Mehr als zögernd ergriff ich diese und ließ mir aufhelfen. Völlig verstört und dass er mich zum wiederholten Male nackt sah, ergriff ich die Flucht.

„Kim, du hast was vergessen! Nimm dir ein Badelaken mit, sonst frierst du wieder!", rief Ethan hinterher.

Ich eilte zurück, vermied jeden Blickkontakt und schnappte mir das nächstbeste Laken.

Nur raus hier.

Ich fluchte erneut über meine Dusseligkeit und verzog mich ins Gästezimmer, um mich anzuziehen. Innerlich atmete ich auf, dass er die Situation unter der Dusche nicht ausgenutzt hatte, denn sie war mehr als nur brenzlig gewesen. Nachdem ich fertig war, machte ich mich auf den Weg in die Küche, um das Frühstück vorzubereiten.

Ethan hatte alles fertig und deckte bereits den Tisch.

Er blickte kurz auf und winkte mich heran.

Ich war erstaunt, dass er nicht lachte oder eine dumme Ansage von ihm kam, was im Zusammenhang mit der vorherigen Situation stand.

Mit hochrotem Kopf setzte ich mich an den Tisch und schenkte mir einen Kaffee ein.

„Wir müssen heute etwas schneller machen, nachdem wir nun zwei Tage im Hintertreffen sind", erwähnte Ethan nach einem Blick auf die Uhr.

Ich brachte keinen Ton heraus und nickte nur.

„Ist mit dir alles in Ordnung?", hakte er nach, als ich nicht antwortete.

Ich schaute ihn seine Augen, schluckte und schüttelte mit dem Kopf.

„Entschuldigung für vorhin im Badezimmer, Ethan. Ich wollte das nicht und es ist mir überaus peinlich", gab ich zurück.

„Wo liegt jetzt das Problem, Kim? Ich verstehe deine Reaktion überhaupt nicht?", fragte er erstaunt und blickte mich an.

„Danke dafür, dass du die Situation nicht ausgenutzt

hast und über mich hergefallen bist", erwiderte ich.

Nun brach er doch in Lachen aus und ich schaute ihn verständnislos an.

„Wir haben da wohl jetzt eine Pattsituation und keiner muss dem anderen etwas nachtragen. Du hast mich gestern abends nicht vernascht und ich dich heute morgen nicht", meinte er.

Ich schlug aufstöhnend meine Hände vor die Augen und schüttelte mit dem Kopf. Ethan war wirklich um keine Antwort verlegen und sah die Sachen einfach locker.

Nachdem ich eine zeitlang in dieser Haltung verharrte und mich nicht rührte, griff er über den Tisch, zog meine Hände ganz langsam vom Gesicht und schaute mich erneut fragend an.

„Verdammt, Ethan. Deine lockere Art treibt mich noch in den Wahnsinn. Ich komme damit überhaupt nicht klar und aus deinem Mund klingt alles so einfach und selbstverständlich."

„So ist es doch auch und vermute nicht gleich immer etwas Negatives oder Zweideutiges dahinter, Kim. Ich werde heute Abend ein Spielchen mit dir wagen und du wirst sehen, dass man alles von einer lockeren Seite sehen kann, ohne gleich übereinander herfallen zu müssen."

„Was meinst du damit?", hakte ich stirnrunzelnd nach.

„Lass dich doch einfach überraschen", zwinkerte er mir zu.

„Vergiss es, Ethan! Ich kann in nächster Zeit auf allerlei Überraschungen dieser Art verzichten und habe bereits meine Erfahrungswerte gezogen. Meine Gefühle behalte ich lieber für mich und auf Spielchen dieser Art stehe ich nicht. Hast du das kapiert!", blaffte ich ihn an.

Gereizt stand ich auf, lief Richtung Gästezimmer und hörte, dass Ethan sich ebenfalls erhob und mir folgte.

Ich bekam leichte Panik, dachte an einige Szenen in der Vergangenheit und drehte mich in seine Richtung.

Er schaute mir tief in die Augen, zog mich an sich und präsentierte mir, dass er sich in mich verliebt hätte.

Nach dieser knallharten Eröffnung erschrak ich dermaßen, dass ich einen zischenden Laut von mir gab und Ethan von mir stieß. Ich schaute ihn an, als wenn er wahnsinnig geworden wäre.

„Nein, nein und nochmals nein! Ich habe geahnt, dass auch du früher oder später meine Situation ausnützen wirst. Verdammt, was ist nur mit euch Kerlen los? Das Wort Liebe hat doch für euch überhaupt keine wahre Bedeutung", gab ich hysterisch von mir.

„Kim, ich nütze deine Situation nicht aus und spiele hier mit offenen Karten. Wenn ich die Situation deiner Meinung nach hätte ausnützen wollen, wäre es bereits vorhin unter der Dusche mit Sicherheit passiert und leicht für mich gewesen, dich herum zubekommen. Genauso die Aktion deinerseits, als du nach dem Discobesuch völlig betrunken warst und dich mir hingeben wolltest. Ich habe es nicht getan Kim, weil ich dich respektiere", eröffnete er mir.

Ich drehte mich auf dem Absatz herum und lief ins Wohnzimmer hinüber, wo ich mich völlig aufgelöst über so viel Ehrlichkeit auf die Couch verzog.

Was passierte hier eigentlich gerade wieder.

Ich war etwas verwirrt und fasste einen Entschluss.

„Ethan? Ich glaube nicht, dass ich unter diesen Umständen hier bleiben möchte. Ich habe mich entschlossen nach Deutschland zurückkehren. Ein Ersatz ist sowieso schon zur Verfügung gestellt und somit biete ich weder für dich noch für jeden anderen

Mann in meiner Nähe eine Angriffsfläche. Ich bin nicht bereit dazu, wieder mit meinen Gefühlen spielen zu lassen und dies wird wahrscheinlich nie wieder geschehen."

„Kim, du widersprichst dich gerade wieder einmal. Im angetrunkenen Zustand bist du schon gerne bereit, zu verführen oder dich verführen zu lassen. Genau das ist der Knackpunkt bei dir. Es ist einfach nur eine kleine Rache deinerseits an der Männerwelt, weil du in diesem Moment glaubst, vermeintlich die Oberhand zu besitzen", meinte Ethan lachend.

Ich starrte ihn entsetzt an und musste eingestehen, dass eben genau dies der Fall war.

Ethan schien meine Gefühlswelt durchschaut zu haben und verstand was in mir vorging.

Aufstöhnend schlug ich mir erneut die Hände vors Gesicht und heulte los.

Warum war ausgerechnet er, der einzige Mann in meinem Leben, der mir direkt auf den Kopf zusagen konnte was Sache war. Mir wurde bewusst, dass er wirklich mit offenen Karten spielte und genau das warf mich so aus meiner Bahn.

Ethan kam auf mich zu, kniete sich vor mich hin und zog mir die Hände vom Gesicht.

Ich schaute ihn tränenüberströmt an.

„Was genau erwartest du von mir?", fragte ich ihn.

„Kim, ich erwarte nichts von dir. Ich möchte dich nur glücklich sehen. Du hast es endlich verdient, nach deinen endlosen Enttäuschungen", erklärte er mir.

„Ich kann nicht, Ethan. Irgendwie ist Miles immer noch der Favorit, obwohl ich mich stetig von ihm entferne. Es scheint doch so, als wenn ich mit dieser Sache noch nicht abgeschlossen habe, es mir nicht eingestehen will und wahrscheinlich doch zuviel erwarte. Erwartungen verursachen Enttäuschung. Enttäuschung verursacht Befürchtung und Befürchtung ist ja wieder Erwartung. Hoffnung erzeugt Angst, Angst erzeugt Hoffnung. Somit befinde ich mich in meinem altbewährten Teufelskreis", heulte ich vor mich hin.

Ethan nickte und schien mein verworrenes Wortspiel zu verstehen.

„Gut, Kim. Ich würde nur noch gerne von dir wissen, ob du wenigstens etwas für mich empfindest. Wenn nicht, ist es auch okay und ich werde nicht weiter um dich werben und uns nur gute Freunde sein lassen", versprach er und wischte mir die Tränen aus dem Gesicht.

„Kann ich dir diese Antwort eventuell heute abends beantworten?", fragte ich.

„Ja, dass kannst du und es wird dir mit Sicherheit leichter fallen, nachdem du meine Aktion hinter dir hast."

„Okay, ich lasse es auf einen Versuch ankommen und breche aber sofort ab, wenn ich nicht mehr will", erklärte ich.

„Ich werde dir alle Optionen für eine Entscheidungen offen lassen, Kim", bestätigte er und nickte.

„Vorsicht Ethan, versprich nicht zuviel. Diese Art von Versprechen kenne ich und danach hagelte es immer Schläge von Seiten der Männer", gab ich sarkastisch von mir und lachte auf.

Ethan war entsetzt über meinen Ausbruch und versprach mir, nichts dergleichen zu tun.

Schweigend saßen wir uns noch eine Zeit gegenüber, bis er auf die Uhr schaute.

„Nun wird es doch langsam Zeit auf der Baustelle zu erscheinen", meinte er.

Ich erhob mich seufzend, packte meine Utensilien zusammen und machte mich mit ihm auf den Weg dorthin.

Im Auto schoss mir wieder alles Mögliche durch den Kopf und ich war gespannt, was der heutige Abend für eine Überraschung parat hatte. Ethan half mir aus dem Auto und schon eilte uns Miles entgegen.

„Was bildest du dir ein! Seit zwei Tagen hast du die Innenraumausstattung vernachlässigt. Wir haben einen Vertrag, wann der Bau abgeschlossen sein muss", schnauzte er sofort los.

„So, nun hör mal gut zu Miles, denn ich erkläre es dir nur einmal", erwiderte ich ihm. „Wenn es dir nicht passt, kann ich mich jederzeit austauschen lassen und du kannst dann gerne meinen Ersatz blöde anblaffen. Ich habe es als Chefin nicht nötig mich von dir derart behandeln zu lassen. Dieses Objekt wird sowieso nicht vor einem Jahr fertig. So wie du es damals mit meinem Appartement gehandhabt hast, werde ich es hier sicher nicht tun", schnauzte ich zurück.

Miles schaute mich erstaunt an und ich provozierend zurück.

„Kim, kann ich dich alleine lassen? Kommst du gut zu Recht?", wollte Ethan wissen.

„Ja, geht schon klar, Ethan", gab ich nickend zurück, während er sich mit einem Seitenblick auf Miles in Richtung Neubau machte.

Ich ließ Miles ebenfalls stehen und eilte in den Altbau um mich endlich mit den Räumlichkeiten vertraut zu machen.

Das Hotel war eine Superinvestition, dass sah ich jetzt schon im Rohzustand und würde außerdem eine Bereicherung für diesen Ort werden. Schnell hatte ich mich eingefunden, fertigte die ersten Skizzen an und als ich mich umdrehte, um wieder ins Erdgeschoss zu gehen, prallte ich unerhofft mit Miles zusammen.

Ich erschrak und mir blieb kurz die Luft weg.

„Verdammter Idiot, mir reicht es langsam mit dir! Bist du noch ganz normal? Deine Überraschungsattacken kannst du dir für das restliche Jahr, solange ich hier arbeite sparen. Sonst musst du damit rechnen, dass ich dich im Affekt irgendwann mal ernsthaft verletze!", brüllte ich.

Miles reagierte nicht auf meine Drohung und blickte mich durchdringend an.

„Kim? In welcher Beziehung stehst du zu Ethan?", fragte er lauernd.

„Boah! Miles, es reicht mir nun wirklich mit deiner ewigen Eifersucht. Es geht dich überhaupt nichts an, wie ich mein Leben und das deiner kleinen Bastarde gestalte", giftete ich ihn an.

Er zuckte bei meinen Worten zusammen, kam auf mich zu, griff mein linkes Handgelenk. Ruckartig zog er mich an sich und sah mir tief in die Augen.

Ich stöhnte schmerzerfüllt auf, bekam leichte Panik und hielt trotzdem seinem Blick stand.

„Merk dir jetzt eines sehr gut, Kim. Du gehörst nur mir. Für alle Zeit und Ewigkeit und dich bekommt kein anderer Mann. Eher passiert ein fürchterliches Unglück, mit demjenigen, der versucht, dich mir zu nehmen", meinte er trocken.

Ich erschrak über diese Eröffnung und wusste, dass Miles dazu im Stande war, seine Drohung umzusetzen. Verzweifelt versuchte ich mich aus seinem Griff zu winden.

„Miles, du tust mir weh", zischte ich.

„Das ist erst der Anfang deiner Qualen, Kim. Die dunkelsten Stunden der Hölle liegen noch vor dir", meinte er lachend und mir wurde bei diesen Worten schlecht.

„Miles, was willst du eigentlich von mir?“, wollte ich wissen.

„Ich will dich und das jetzt, hier und sofort“, bekam ich zur Antwort.

Ich schluckte und dachte, dass ich mich verhört hätte.

Miles drückte erneut mein Handgelenk.

„Aua, lass mich sofort los Miles!“, schrie ich auf, „ich lasse mir nicht mehr von dir drohen.“

Plötzlich zog er mich näher an sich und versuchte mich zu küssen.

Ich wehrte mich mit allen Kräften, die ich besaß, verkrallte mich mit meiner freien Hand in seinen Haaren und riss ihm energisch den Kopf nach hinten.

Ich schaute ihm eiskalt in die Augen.

„Wage es nie wieder, mich in dieser Art und Weise anzugreifen, sonst passiert dir genau das, was du mir angedroht hast.“

In Miles Augen flackerte es kurz auf. Ich sah wieder diesen sehnsüchtigen Blick wie schon so oft und wurde unsicher. Miles versuchte wieder die Oberhand zu gewinnen.

Hinter uns ertönte ein räuspern und Miles ließ mich abrupt los. Ich drehte mich herum und sah erleichtert, dass es Ethan war.

„Ist alles in Ordnung?“, fragte er.

Ich nickte und rieb mein schmerzendes Handgelenk.

„Können wir eine Kaffeepause einlegen, Ethan?“, schaute ich ihn bittend an.

Ethan nickte und blickte provozierend in die Richtung von Miles. Dieser drehte sich auf dem Absatz um und verschwand irgendwo im Altbau.

„Ich habe dieses Schauspiel schon einige Zeit verfolgt

und wenn Miles dich nicht losgelassen hätte, wäre ich mit Sicherheit eingeschritten", erklärte er mir.

„Danke, Ethan. Ich möchte hier raus", erklärte ich mich, machte auf dem Absatz kehrt und rannte mehr als das ich lief.

Außerdem war ich wieder so durch den Wind, dass ich auf der vorletzten Stufe umknickte, stürzte und mir das Knie an einem Stahlträger blutig schlug.

Erschrocken schrie ich auf, fluchte ziemlich unflätig vor mich hin, dass ich von einigen der Bauarbeiter komische Blicke erntete.

Ethan war sofort an meiner Seite und half mir hoch.

„Kim ich werde dich nachhause bringen", meinte er und ich schüttelte mit dem Kopf.

„Nein Ethan, ich brauche nur einen starken Kaffee und dann ist alles okay. Ich kann nicht dauerhaft die Baustelle verlassen, nur weil Miles dazwischenfunkt. Ich werde mich seinen Attacken stellen müssen. So oder so", erklärte ich.

Humpelnd lief ich Richtung Bauwagen, riss die Tür auf, sah mich um und erblickte eine Kaffeemaschine.

Ethan war mir gefolgt, brachte mich an den Tisch und übernahm das Kaffeekochen.

Ich schob meine kaputte Jeans hoch, begutachtete inzwischen meine Verletzung und stellte fest, dass diese ziemlich blutete und verdreckt war.

Ethan hatte mich beobachtet und holte nun aus dem Erste-Hilfe-Kasten, Verbandszeug und Jod.

Vorsichtig säuberte er die Wunde.

„Weißt du, ob du eine Jodallergie hast? Außerdem blutet deine Nase. Hast du irgendwo deinen Kopf angestoßen?", fragte er nach.

„Jodallergie? Nein! Mir ist nichts in dieser Richtung bekannt. Keine Ahnung warum meine Nase blutet", erwiderte ich und wischte mir das Blut mit dem Handrücken weg.

Ethan bepinselte meine Wunde mit diesem Zeug. Es brannte wie Feuer, ich stöhnte auf und schlug ihm die Hand weg.

Er entschuldigte sich.

„Kim es tut mir leid, dass ich dir wehtun muss, aber es ist leider nötig bei dieser Verschmutzung, um eine Blutvergiftung auszuschließen."

Er verband mich recht gekonnt und zwinkerte mir aufmunternd zu.

Inzwischen kam mir wieder die Szene mit Miles in den Sinn und ich sah wieder diesen sehnsüchtigen Blick von ihm, vor mir.

Meine Gefühle gerieten wieder außer Kontrolle und ich fing zu heulen an.

Ethan sah erschrocken hoch.

„Sind die Schmerzen denn so unerträglich oder geht es noch?", wollte er wissen.

„Nein, Ethan! Bitte tu mir einen Gefallen und bringe mich doch nachhause. Diesmal in mein Appartement und nicht zu dir. Ich kann zurzeit keinen Mann mehr sehen, sonst drehe ich auf der Stelle durch", erklärte ich ihm, als er mich fragend anblickte.

Er nickte, reichte mir seine Hand und ich humpelte fluchend in Richtung Auto.

Entnervt setzte ich mich in dieses und Ethan fuhr los.

„Bitte fahre doch mal kurz bei dir vorbei, damit ich meine Kleidung und meine persönlichen Sachen mit ins Appartement zurücknehmen kann", forderte ich ihn auf.

Ethan tat wie ihm geheißen.

„Kim, es ist vielleicht nicht so ratsam wegen Miles, wenn du da in deiner Wohnung auftauchst."

„Es geht nicht anders, Ethan. Du kannst mich aber trotzdem täglich besuchen, wenn du möchtest. Auch den Test heute abends können wir bei mir absolvieren und du kannst gerne bei mir übernachten. Ich muss so handeln, sonst passiert mit Sicherheit ein schlimmes Unglück", erklärte ich.

Ich erzählte ihm, was vorhin im Altbau geschehen war und Ethan schaute mich entsetzt von der Seite an. Mir war klar, dass ich ihn schützen musste. Er nickte und schon waren wir vor seinem Anwesen, wo er mir aus dem Auto half und ins Haus brachte. Ich suchte meine Sachen zusammen und dann machten wir uns wieder auf den Weg zurück in meine Wohnung.

Als ich aus dem Aufzug in mein Appartement trat, atmete ich erleichtert auf und dachte zuhause ist eben zuhause. Irgendwie war ich erleichtert und humpelte in die Küche, um mir hier frischen Kaffee aufzusetzen.

Ich rief über die Schulter ob Ethan auch einen wollte und zuckte zusammen, als er bereits neben mir stand und eine zustimmende Antwort gab.

Während der Kaffe durchlief, half er mir das Geschirr aus dem Schrank zu holen und stellte es auf den Tisch. Ich bedankte mich bei ihm für seine Hilfe und machte mich auf den Weg ins Schlafzimmer, um mir etwas anderes anzuziehen. Die Stufen bereiteten mir einige Schwierigkeiten und ausgerechnet auf der vorletzten, rutschte ich aus und schlug mir mein bereits lädiertes Knie erneut an.

Ich schrie auf, setzte mich und verlor wieder einmal völlig die Kontrolle über mich. Ich heulte und fluchte vor mich hin. Ethan der erschrocken nach oben gelaufen kam und mich hochhob, bekam wieder meine geballte Wut ab.

Ich brüllte ihn an und schlug auf ihn ein. Er wartete bis ich mich restlos verausgabt hatte und fragte wo sich mein Schlafzimmer befand. Ich zeigte hinter ihn, er drückte die Klinke mit seinem Arm herunter und bugsierte mich auf das Bett.

Er eilte nach draußen, versprach sofort mit Kaffee wieder hier zu sein und ich sollte nicht weglaufen.

Ich musste trotz der ganzen Situation über diesen Satz lachen und fragte mich, was er nun wieder vorhatte.

Ethan kam kurze Zeit mit Tablett und Kaffee zurück und stellte alles auf den Tisch am Fenster.

„So, Kim. Eigentlich haben wir jetzt genügend Zeit und ich möchte wissen, ob du schon für das Spielchen bereit bist", fragte er nach.

Ich musste ihn sehr argwöhnisch angeblickt haben, denn er fing zu lachen an.

„Ich habe nicht die Absicht über dich herzufallen."

„Was ist das überhaupt für ein geheimnisvolles Spiel, Ethan", fragte ich nach.

„Ich war vor Jahren auf dem asiatischen Kontinent und habe es von einem Meister der alten Schule erlernt, nachdem ich mich fast ein ganzes Jahr in einer schweren Krise befunden hatte.

Wäre er nicht gewesen, säße ich heute nicht hier. Ich werde dir bei Gelegenheit erklären, was es mit dieser Krise auf sich hatte. So und nun wundere dich nicht über das, was du selbst tust und ziehe auch keinen Hintergedanken meinerseits in Erwägung.

Es ist einfach so wie es ist und danach geht es dir besser und du wirst alles klarer sehen. Wenn du ab einer bestimmten Stelle nicht mehr willst, kannst du sofort aufhören und die Sache ist erledigt. Ich werde dich zu nichts zwingen und du musst dich ganz auf dein Inneres, deinen Körper, sowie deine Gefühle und

Sinne konzentrieren."

Ich schluckte, überlegte und schaute ihn an.

„Ethan? Hat dieses Spielchen vielleicht etwas mit Kamasutra zu tun? Es hört sich fast so an. Ich weise dich darauf hin, dass du dies sofort vergessen kannst und ich mich auf so etwas schon gar nicht im Ansatz einlasse", gab ich bestimmend von mir, während er sich vor Lachen kugelte.

„Es ist so ähnlich und ich habe es auch überlebt, zumal es an mir ein Mann praktiziert hat."

„Okay, aber wenn ich es beenden will, versuche mich nicht mit Gewalt daran zu hindern", nahm ich ihm das Versprechen ab.

„Wir müssen es auch nicht tun, Kim. Es ist deine freie Entscheidung und die werde ich akzeptieren."

Ich forderte eine Bedenkzeit, bis ich meinen Kaffee getrunken hatte und Ethan stimmte grinsend zu.

„Eine Frage habe ich, bevor wir anfangen. Wie weit wirst du gehen und wo berührst du mich überall, Ethan"

„Wegen deiner Bedenken werde ich dich nur oberhalb der Gürtellinie berühren. Willst du allerdings weiter machen, kannst du es mir sagen", gab er lachend von sich.

Ich wurde wieder puterrot im Gesicht, verschluckte mich an meinem Kaffee und schaute ihn entsetzt an.

Ethan klopfte mir hilfreich auf den Rücken und grinste unverschämt vor sich hin.

„Mein Gott, Kim so schlimm wie du denkst wird es nicht. Nein, es ist kein Kamasutra und ich werde dich überhaupt nicht berühren, außer du willst eine Hilfestellung", erklärte er mir.

„Was bist du doch für ein ekelhafter Kerl, Ethan. Schön hast du mich die ganze Zeit veräppelt", gab ich aufstöhnend von mir.

„Wahnsinn, wie verklemmt du bist, Kim. Du merkst nicht einmal, wenn man dich verulkt", lachte er und ich schlug ihm empört auf die Brust.

„Nun mach endlich und fang an du Schwerenöter. Reden kannst du danach auch noch."

„Ist es okay für dich, wenn ich mich hinter dich aufs Bett setze, denn es gehört zum Ritual und du sitzt auch bequemer. Es kann sein, dass du einen Punkt erreichst, wo du so entspannt bist, das du einschläfst", hakte er nach.

„Kein Problem, wenn du deine Ausstattung solange im Zaum halten kannst, bis wir fertig sind", gab ich grinsend zurück.

Ethan brach erneut in Gelächter aus und setzte sich hinter mich aufs Bett.

Damit wir es bequem hatten und ich mich richtig entspannen konnte, rutschte er bis an das Kopfende und forderte mich auf mich an seinen Brustkorb zu lehnen. Ich tat wie mir geheißen, die Erinnerungen an die Stunden mit Miles kamen wieder hoch, ich stöhnte gequält auf und rutschte von Ethan weg.

Er fragte nach meinem Problem und ich klärte ihn auf.

„Kim, du musst dich völlig entspannen, dich von allen negativen Gedanken lösen und nur in dein Inneres hören. Der Rest ergibt sich von selbst. Ich werde jetzt die Entspannungs-CD laufen lassen und bitte dich, wirklich nur auf die Musik und die Anweisungen zu hören."

Ich versprach ihm, es zu versuchen, lehnte mich zurück, atmete tief ein und aus und konzentrierte mich voll auf meinen Körper.

Kurze Zeit später hatte ich das Gefühl zu schweben und empfand die ganze Situation äußerst wohltuend.

Meine ganze Lebensgeschichte zog an mir vorbei und verschwand irgendwo im Nichts.

Ich spürte nur noch mich.

Raum und Zeit hatten keine Bedeutung mehr.

In diesem Zustand befand ich mich ungefähr eine Stunde, bis Ethan mich antippte. Ich erwachte wie aus einer Starre und bemerkte, dass ich ihn Ethans Armen lag.

Ich sah hoch und wurde rot.

„Kim? Geht es dir gut? Wie fühlst du dich?", fragte er vorsichtig nach.

„Wahnsinn. Ich habe meinen Körper noch nie so intensiv verspürt, Ethan."

„Genau das ist Sinn der Sache gewesen, dass du jede einzelne Faser spürst und dir darüber klar wirst, dass nur du allein über deine Gefühle entscheiden darfst und kein anderer."

Mir fiel die Frage von Ethan wieder ein und ich gestand ihm, dass ich noch nicht sagen konnte, ob ich was für ihn empfinden würde oder nicht. Er winkte ab und versprach mir heute Abend zu erklären, was es vor Jahren mit seiner schweren Krise auf sich hatte und warum er mich umwarb.

Entspannt machte ich mich mit Ethan auf den Weg in die Küche und lud ihn als Dank für heute Abend in die nahe Pizzeria ein. Er freute sich, versprach mich pünktlich abzuholen und fuhr zurück auf die Baustelle. Durch diese Entspannungsaktion fühlte ich mich so frisch, dass ich Bäume hätte ausreißen können.

Ich rief Kathy an, erklärte ihr, warum ich in meinem Appartement weilte und sie mir morgen die Zwillinge bringen konnte.

Sie war hocherfreut, dass es mir wieder besser ging und wünschte für heute abends viel Spaß. Nun hatte ich noch etwas Zeit und mir kam der Gedanke zum Shoppen zu gehen.

Trotz meiner Verletzung machte ich mich beschwingt auf den Weg und als ich in einem der Kaufhäuser gerade aus der Umkleidekabine gehen wollte, erspähte ich Helen. Sie stand an einem der Regale und schien auf irgendetwas zu warten. Jedenfalls eilte ihr Blick suchend umher. Ich stoppte und trat intuitiv zurück in die Kabine, als bereits Jack auf sie zueilte. Sie fiel ihm regelrecht in die Arme, küsste ihn leidenschaftlich und zog ihn dann mit sich. Also hatte ich irgendwie Recht behalten und das Kind war mit Sicherheit nicht von Miles. Nachdenklich verließ ich die Umkleidekabine und fragte mich innerlich, ob Miles wusste, was hinter seinem Rücken geschah. In diesem Moment tat er mir fürchterlich leid. Alle Gefühle für ihn aus vergangener Zeit kochten wieder hoch, obwohl er mich zurzeit wie Dreck behandelte. Ich zahlte meine Kleidung an der Kasse und verließ das Kaufhaus.

Wie konnte ich Miles das eben Gesehene vermitteln, ohne dass er es wieder in den falschen Hals bekam. Völlig verstört kam ich zuhause an und zerbrach mir weiterhin den Kopf.

Ethan holte mich zur versprochenen Zeit ab und wir machten uns auf den Weg in die Pizzeria. Der Kellner brachte uns zu unserem bestellten Tisch und fragte nach unseren Wünschen. Wir gaben die Bestellung auf und Ethan fing an mir zu erklären, warum er mich umwarb.

„Kim, ich muss dir etwas gestehen und hoffe, dass du mir danach nicht böse bist. Kannst du dich noch an den Tag erinnern, wo wir uns kennen lernten und du mich gefragt hast, ob ich keine Freundin hätte? Ich verneinte damals und gab dir zur Antwort, dass ich die

Liebe meines Lebens nicht wieder gefunden habe. Es gab jemanden, der bei einer Exkursion zum Himalaja tödlich verunglückte und den ich über alles liebte. Meine damalige Freundin. Wir wollten nach dieser Reise heiraten, wozu es leider nicht mehr kam. Chloe verstarb an einer Blutvergiftung. Sie hatte sich verletzt, es niemandem erzählt, damit diese Exkursion, auf die ich mich schon Jahre freute, nicht abgebrochen wurde. Sie verstarb nach einer Woche in einem auf der Strecke liegendem Mönchskloster. Jede Hilfe für sie kam zu spät. Für mich brach eine Welt zusammen, da mir bewusst wurde, dass sie sich aus Liebe für mich geopfert hatte. Ich versank in eine Art Agonie, war für niemanden mehr ansprechbar und wollte auch nur noch sterben. Ein buddhistischer Mönch brachte mich wieder auf den Pfad der Lebenden zurück und seitdem sehe ich alles etwas gelassener. Kim, du hast mich charakterlich an sie erinnert und nachdem, was dir widerfahren ist, solltest du endlich so geliebt werden, wie du es verdienst. Du bist ein liebenswerter Mensch und gehörst auf Händen getragen", erklärte er sich und schob mir ein Foto seiner verstorbenen Freundin über den Tisch.

Ich nahm es hoch, schaute es mir genau an und verstand ihn nun. Ich stöhnte auf, meine Gedanken schlugen Purzelbäume und ich ergriff Ethans Hände.

Bevor ich mich ihm erklären konnte, wie ich zu ihm stand, sah ich plötzlich Miles und Helen das Lokal betreten und an einen Ecktisch verschwinden.

„Oh nein, bitte das jetzt nicht auch noch", gab ich von mir und erstarrte.

Ethan folgte meinem entsetzten Blick und zuckte zusammen.

Mir kam die Szenerie im Kaufhaus in den Sinn.

Ich schluckte und gab sie Ethan zum Besten.

„Okay Kim, ich glaube ich habe dich verstanden. So wie ich diese ganze Angelegenheit sehe, habe ich gerade verloren und dir liegt noch sehr viel an Miles. Wenn dem so ist, was ich durchaus verstehen kann, kämpfe endlich um ihn und versuche ihn zurück zu gewinnen. Mit dem Wissen, was du jetzt über Helen besitzt, wird es ein leichtes Sein", gab er zurück.

„So leicht wird es nicht sein, wie du es dir vorstellst, Ethan. Helen ist clever und ich kämpfe nun schon lange genug um Miles. Erst das Drama mit Trixi und nun mit Helen. Wer weiß, was noch auf mich zukommt, denn aller guten Dinge sind ja drei. Ich bin nur noch verzweifelt und kann die Angriffe und Beschimpfungen von Miles nicht mehr einordnen und ertragen. Ich sehe, dass er leidet und keinen Ausweg findet, um wieder zu mir zu gelangen. Unsere Situation verhärtet sich immer mehr und das schlimmste für mich ist, dass er seine Kinder als Bastarde beschimpft. Ethan, ich habe dich sehr gerne, aber ein gemeinsames Zusammenleben kommt für mich nicht in Frage. Ich hoffe du verstehst es und wir bleiben gute Freunde. Es klingt zwar unlogisch und völlig idiotisch, aber mein Herz gehört Miles, egal was passiert" outete ich mich.

Ethan nickte und versprach mir, dass wir gute Freunde bleiben würden und er mich weiterhin unterstützen würde. Nach dieser Aussprache war ich erleichtert und freute mich, dass er mir nichts nachtrug. Der Kellner brachte unsere Bestellung, wir machten uns mit einem Heißhunger darüber her und verweilten danach noch im Lokal. Ethan und ich erzählten uns gegenseitig ein paar Anekdoten aus unserer Jugend und ich fiel vor Lachen fast vom Stuhl. Der Wein drückte kurze Zeit später auf meine Blase und ich entschuldigte mich bei Ethan, dass ich mal kurz verschwinden musste. Er grinste, schickte mir gedanklich seine Blase gleich mit und ich beeilte mich, schnell wie möglich zur Toilette zu kommen, bevor ich mir vor lauter Lachen in die Hose machte. Im wahrsten Sinne erleichtert, begab ich mich wieder auf den Rückweg ins Lokal, als Miles ebenfalls aus der Herrentoilette trat. Wir zuckten beide erschrocken zusammen und Miles durchbohrte mich wieder mit seinen Blicken. Sollte ich ihm nun sagen, was ich heute Nachmittag erlebt hatte oder sollte ich es lieber lassen. Während ich noch überlegte, griff er nach mir und zog mich Richtung Hinterausgang zur Tiefgarage des Lokals.

Ich war so perplex über seine Aktion, dass ich es geschehen ließ.

„Kim? Ich muss mich mit dir im Auto unterhalten. Ist das möglich? Bitte gestehe es mir zu. Du brauchst keine Angst zu haben, ich werde dir nichts antun", schwor er mir.

„Stopp, Miles! Nicht so schnell. Um was geht es denn? Können wir das nicht hier besprechen?", hakte ich nach und entzog ihm meine Hand.

„Nein, Kim! Helen darf es nicht mitbekommen und ich muss dringend mit dir reden. Es passt gerade, dass wir uns hier treffen. Bitte Kim, weise mich nicht ab", flehte er mich an.

Ich überlegte ob ich ihm trauen konnte und nickte dann zustimmend.

Erleichtert griff er wieder meine Hand und lief mit mir weiter. Er schloss sein Auto auf und bat mich einzusteigen. Zögernd nahm ich Platz und schaute ihn erwartungsvoll an.

„Kim, bitte verzeih mir, was ich dir in den letzten

Tagen angetan habe. Ich schäme mich dafür, kann es diesmal nicht wieder gut machen und weiß, dass ich dich nun entgültig verloren habe. Glaub mir, ich liebe unsere Kids und hätte sie nie als Bastarde bezeichnen dürfen. Ich vermisse sie so sehr. Erlaubst du mir, sie in den nächsten Tagen einmal zu sehen?", fragte er nach.

„Ach Miles, dass hättest du auch telefonisch regeln können. Du weißt doch ganz genau, dass ich dir die Zwillinge nie entziehen würde, egal was zwischen uns passiert ist oder noch passieren wird. In nächster Zeit erwartest du ja, nach eigenen Aussagen, die Erfüllung, die du immer wolltest. Ein Kind von Helen. Also nutze die Zeit mit Zoe und Wes, bis zur Geburt deines anderen Kindes. Wer weiß, was danach passiert. Du bist nun einmal der Erzeuger und hast ein Recht darauf. Nur musst du mir sagen, wie wir verbleiben wollen, denn ich hatte dir ja eine Option gegeben. Keine Helen in der Nähe unserer Kinder und daran ändert sich nichts", erklärte ich ihm.

„Ich habe deinen Sarkasmus wirklich verdient, Kim. Kann ich morgen in deine Wohnung kommen, um die Kinder zu sehen? Bitte!"

„Eigentlich hatten wir ja vereinbart, dass wir uns auf neutralem Boden sehen wollten, um Eskalationen zu vermeiden. Gut, ich versuche dir zu vertrauen und erwarte dich morgen Nachmittag gegen fünfzehn Uhr", erwiderte ich und im gleichen Augenblick wurde die Autotüre aufgerissen und eine wütende Helen stand vor mir.

„Verdammt! Miles! Was soll das hier? Triffst du dich jetzt heimlich mit Kim zu einem Schäferstündchen in der Tiefgarage? Das passt zu ihrem Niveau. Ich dachte schon, dass sie hier ist, nachdem ich Ethan gesehen habe", keifte sie los.

Ich blickte entsetzt in Miles Gesicht, der sichtlich blass geworden war und stieg langsam aus dem Auto.

Miles tat es mir gleich.

„Beruhige dich, Helen. Stress in dem Zustand schadet nur dem Ungeborenen. Ich wollte gerade gehen und hatte nur etwas mit Miles wegen der Kids zu bereden. Ich habe es nicht nötig wie du heute Nachmittag, dass ich mich zu einem Schäferstündchen mit meinem Geliebten im Kaufhaus treffen muss, während der Mann auf der Baustelle schuftet. Das entspricht wohl schon seit eh und je deinem Niveau", konterte ich.

Nach diesen Worten blickte ich noch einmal in das Gesicht von Miles, der verstört von Helen zu mir schaute.

Ich verabschiedete mich von ihm und gab ihm den Ratschlag mit auf den Weg, öfters während seiner Arbeitszeit, einmal zuhause vorbeizuschauen. Zitternd kam ich im Lokal an, wo Ethan schon nervös auf mich wartete.

Auf seine Nachfrage wo ich solange verblieben wäre, erzählte ich ihm was vorgefallen war. Er lachte und hoffte, dass sich Miles nun doch seine Gedanken machen würde. Ich war mir da nicht so sicher, denn über seine Helen ließ er nichts kommen. Der restliche Abend verlief noch recht gemütlich und dann brachte mich Ethan nachhause. Das Treffen mit Miles hatte mich wieder sichtlich aufgewühlt und ich dachte an seinen verzweifelten Blick.

Nun, morgen würde ich ja sehen, was Sache war.

Ich verzog mich ins Schlafzimmer und hing weiterhin meinen Gedanken nach.

Ethan holte mich am frühen Morgen ab und wir fuhren zur Baustelle. Miles wartete bereits auf uns und bat mich um eine sofortige Unterredung. Ich stöhnte auf und wusste bereits was kam. Im Bauwagen stellte er mich dann zur Rede und wollte wissen, wie ich auf solche Absurditäten kam, was Helen anbetraf.

Ich erzählte ihm, was ich am Vortag gesehen hatte und handelte mir prompt neue Beschimpfungen von ihm ein. Diesmal griff Ethan ein und verwies Miles in seine Schranken. Enttäuscht machte ich mich auf den Weg zu meinem Arbeitsplatz, als im gleichen Augenblick mein Handy piepste.

Im Display sah ich, dass es Stefan war und schlug mir erschrocken vor die Stirn.

Ich hatte doch tatsächlich die letzten Tage vergessen ihn zu informieren, wie es mir ging.

„Mea Culpa, Stefan. Ich habe vergessen anzurufen und mir geht es gut. Was gibt es Neues bei dir?", wollte ich wissen.

„Also, Kim. Du bist echt eine Ulknudel. Ich vergehe hier fast vor Angst und wäre mit Sicherheit morgen nach Irland geflogen, um zu sehen, ob alles okay ist. Nun, dass kann ich mir jetzt sparen. Hier ist alles im grünen Bereich und unser Geschäft boomt zurzeit. Also, morgen kommt deine Vertretung an und ich lege sie dir besonders ans Herz. Arbeite sie bitte gut ein. Übrigens, ihr Name ist Kess und sie ist eine der neuen Praktikantinnen, die seit kurzem bei uns arbeiten. Sie ist dir etwas ähnlich und liebt die Herausforderung. Ihr beide versteht euch sicher gut", gab er lachend von sich.

Wir plauderten noch ein wenig und dann trennte ich das Gespräch.

Der Vormittag verlief trotz des Aufstandes von Miles ziemlich ruhig.

Gegen Mittag holte ich die Zwillinge von Kathy ab und fuhr nachhause, in der Hoffnung, dass Miles nicht erschien.

Doch er tat mir nicht den Gefallen und klingelte pünktlich um fünfzehn Uhr. Mit gemischten Gefühlen schickte ich den Aufzug nach unten.

Ich wartete auf sein Eintreffen und dann stand Miles vor mir. Ohne mich eines Blickes zu würdigen und mit einer Selbstverständlichkeit, als ob er hier wohnen würde, eilte er in die Küche.

Mir wurde schlecht und ich hoffte, dass er nicht wieder ausrasten würde, wie heute morgen.

Ich lief hinterher und bat ihn sich zu setzen.

„Miles, die Kids schlafen noch und müssten aber gleich aufwachen", nahm ich vorsorglich den Wind aus den Segeln.

„Ist okay, Kim. Ich habe Zeit und will außerdem noch einmal über die Situation von gestern und heute Morgen mit dir sprechen", bekam ich als Antwort.

„Muss das sein, Miles? Ich habe keine Lust mich wieder von dir niedermachen zu lassen. Das Thema Helen ist ab sofort ein Tabuthema für mich. Vergiss einfach was ich dir erzählt habe und renne in dein Unglück. Ja, du brauchst nicht so erstaunt zu schauen, denn auch ich mache mir Sorgen um dich. Ich gebe dir einen gut gemeinten Ratschlag. Schalte in diesem Fall einen Detektiv ein, überwache Helen und dann wird sich herausstellen ob ich gelogen habe und dir dein Glück nicht gönne. So, nun Schluss der Diskussion. Morgen trifft meine Vertretung ein und wird mich täglich auf der Baustelle unterstützen, da ich bereits in Erwägung ziehe nach Deutschland zurückzukehren. Wir werden sicher eine Einigung finden, dass du die Kinder öfter sehen kannst, vorausgesetzt du hast dann noch Interesse an ihnen, sobald Helens Baby da ist", gab ich sarkastisch von mir.

„Hör endlich auf damit, Kim. Ich weiß selbst, dass ich alles vermasselt habe und du brauchst es mir nicht dauerhaft unter die Nase zu reiben. Nur so einfach, dass du mit den Kids wieder verschwindest, mache ich es dir diesmal auch nicht. Entweder bleibst du bis zur Fertigstellung des Hotels oder ich mache dir die Hölle heiß", versprach er mir.

Mir platzte der Kragen nach dieser Androhung und ich warf Miles hochkant hinaus.

Ich machte einen erneuten Termin mit den Kids für den morgigen Tag in unserem Stammcafè aus.

Der restliche Tag ließ mich an meinem Verstand zweifeln, weil ich immer auf ihn hereinfiel.

Vielleicht wäre es doch besser gewesen, wenn ich mich auf Ethan konzentriert hätte.

Ab heute würde ich Miles, bis auf die Besuche mit den Kids, bewusst aus dem Weg gehen.

Am nächsten Tag traf meine Vertretung ein und ich holte sie zusammen mit Ethan vom Flughafen ab.

Während er einen Parkplatz suchte und uns dann im Flughafenrestaurant treffen wollte, beeilte ich mich sie in Empfang zu nehmen.

Stefan hatte mir eine ungefähre Beschreibung gegeben wie sie aussah und als ich sie erblickte, kam sie mir irgendwie bekannt vor, nur wusste ich nicht woher.

Ich begrüßte sie herzlich, fand sie sehr sympathisch und wünschte ihr einen schönen Aufenthalt.

Wir verstanden uns auf Anhieb sehr gut und ich zog sie Richtung Restaurant, wo Ethan auf uns wartete.

Als wir uns ihm näherten wurde er kreidebleich, schaute mich entsetzt an und gab stöhnend ein „Chloe" von sich.

Nun wurde mir schlagartig klar, warum mir Kess so bekannt vorgekommen war.

Sie ähnelte Ethans verstorbener Freundin und man hätte sie für eine Schwester von ihr halten können.

Kess lachte und reichte ihm die Hand.

„Nein, leider nicht Chloe, aber Kess. Sie müssen dann wohl Ethan sein? Sehr angenehm sie kennen lernen zu dürfen", sagte sie.

Ethan stand auf, nannte stotternd seinen kompletten Namen und einigte sich auf ein du, mit ihr. Kess nahm dankend an und schon waren wir im Gespräch, was sie hier alles erwarten würde. Ethan saß wie geplättet am Tisch und starrte dauerhaft auf sie.

Er war so perplex und nicht mehr ansprechbar nach diesem Erlebnis, dass ich mich auf der Heimfahrt ans Steuer setzte.

Da Kess noch nicht wusste, wo sie unterkommen sollte, kam mir da so eine Idee.

„Sag mal Ethan? Was hältst du davon, wenn Kess bei dir solange unterkommt, bis wir eine passable Bleibe für sie gefunden haben? Du hast doch viele freie Zimmer in deinem Haus. Ihr werdet euch sicher in dieser Hinsicht einig werden", gab ich grinsend von mir.

„Das wäre sehr nett, aber ich möchte durchaus keine Umstände machen", gab Kess von sich.

„Ach, ich glaube kaum, dass dies ein Problem für Ethan wäre. Er wohnt alleine und ist gastfreundlich", klärte ich sie auf.

Ethan zuckte zusammen, als ich ihn anstupste und fragend ansah.

„Nein, dass ist kein Problem für mich und ich würde mich sehr darüber freuen", gab er endlich von sich.

„Na, dann ist dieses Problem wohl auch gelöst", lachte ich.

Ethan schaute mich schräg von der Seite an und ich

zwinkerte ihm grinsend zu.

Wir machten einen kurzen Abstecher auf die Baustelle, damit Kess schon einmal einen Überblick bekam und stießen dabei auf Miles. Ich machte beide bekannt und als ich seinen Namen erwähnte, schaute mich Kess für einen Augenblick mitleidig und wissend an.

Ich ging davon aus, dass Stefan sie teilweise über unser Verhältnis eingeweiht hatte. Also wusste sie um was es ging. Um die Anspannung aus dieser Situation zu bekommen, lud ich alle auf ein Abendessen bei mir ein. Kess freute sich und war auf meine Zwillinge gespannt, von denen sie schon gehört hatte. Ich lachte und gestattete Miles, dass er ausnahmsweise Helen dazu mitbringen konnte. Erstaunt blickte er mich an und bedankte sich.

Ethan verabschiedete sich mit Kess und wollte sie schnell mit seinen Räumlichkeiten bekannt machen. In einer Stunde wollte er wieder zurück sein.

Lächelnd sah ich beiden hinterher, denn mir war klar geworden, dass Ethan gerade wieder die Liebe seines Lebens gefunden hatte. Ich gönnte es ihm und war in diesem Augenblick froh, keine Beziehung mit im eingegangen zu sein.

Seufzend drehte ich mich um und stieß frontal mit Miles zusammen, der unbemerkt hinter mir gestanden hatte.

Unsere Blicke trafen aufeinander und ich schluckte.

„Kim? Hast du das wirklich ernst gemeint, dass ich Helen heute abends mitbringen kann?", fragte er.

„Ja klar, Miles. Somit erspare ich mir einen peinlichen Auftritt ihrerseits bei mir zuhause und habe sie gleichzeitig als Schutz für meine Wenigkeit, damit du nicht auf dumme Gedanken kommst", konterte ich und verschwand Richtung Bauwagen.

Miles folgte mir kurze Zeit später und hakte nach, ob er heute Nachmittag trotzdem die Kinder zu Gesicht bekommen würde wie versprochen. Ich bestätigte es ihm und da war auch schon wieder Ethan vor Ort. Er war immer noch genauso verstört wie auf dem Flughafen, als er Kess erblickt hatte.

„Ethan, ich hoffe es war dir recht, dass ich Kess bei dir untergebracht habe. Du kannst sie zwischenzeitlich mit dem Projekt bekannt machen und so muss ich nicht viel erzählen. Ist vielleicht auch besser so, da ich vorhabe in absehbarer Zeit wieder nach Deutschland zurückzukehren."

Miles den ich vergessen hatte, hörte ich gequält hinter mir aufstöhnen und dann verließ er eilig den Bauwagen.

„Danke, Kim. So wie ich dich kenne, hast du mir Kess bewusst auf die Nase gedrückt. Mein Gott, diese Ähnlichkeit mit Chloe. Ich bin immer noch nicht ganz klar und denke ich träume", meinte er.

„Ich ahnte, was in dir vorging. Wenigstens einer von uns, soll endlich sein ersehntes Glück finden. So wie es aussieht, ist auch Kess nicht ganz abgeneigt mit dir eine Beziehung einzugehen. Ich habe sie vorhin genau beobachtet und ihre Blicke sprachen Bände. Ich denke, du hast gerade die Liebe deines Lebens wieder gefunden. Halte dieses Glück nur fest, denn eine dritte Chance kommt mit Sicherheit nicht mehr."

„Kim, ich hoffe du wirst irgendwann den Richtigen finden, der dich auf Händen trägt."

„Den gibt es bereits, Ethan. Nur nimmt er es nicht wahr. Noch nicht", gab ich seufzend von mir.

Ethan nahm mich in den Arm und genau in diesem Augenblick erschien Miles wieder auf der Bildfläche. Seine Blicke sprachen Bände und ich schlug innerlich die Hände über dem Kopf zusammen.

Tolles Timing war das gerade.

Sicher bekam er alles in den falschen Hals.

Miles sah mich durchdringend an, entschuldigte sich, machte kehrt und verschwand wieder.

„Auweia, Kim. Verflucht noch einmal, dass war gar nicht gut. Miles versteht das sicherlich falsch. Meinst du nicht es ist besser, wenn ich mit ihm einmal rede und einiges klar stelle?", fragte er mich.

„Nein, Ethan. Miles muss selbst dahinter kommen, dass alles nur auf freundschaftlicher Basis besteht, was uns anbetrifft. Solange er stur und verbohrt denkt, möchte ich ihn nicht haben. Er muss umdenken und wenn ihm das gelingt, kann er mich in seine Arme schließen, sonst nicht. So, ich gehe nun noch einmal in den Altbau und lege alles für Kess zurecht. Danach hole ich die Kids, um mich mit Miles zu treffen, wie vereinbart. Wir sehen uns dann heute Abend. Viel Spaß mit deiner Untermieterin heute Nachmittag", gab ich zweideutig von mir und verschwand.

Auf den Weg in den Altbau überlegte ich mir bereits, was ich heute abends kochen würde.

Ich hatte ein kleines perfektes Dinner in Erwägung gezogen und da fiel mir ein, dass ich vor längerer Zeit, Miles ein italienisches Essen versprochen hatte. Genau dieses würde ich heute auf den Tisch zaubern. Soweit ich wusste, konnte Helen nicht gut kochen und somit hatte ich wieder einen Pluspunkt. Während ich noch vor mich hingrinste, stieß ich erneut mit Miles zusammen.

Ich erschrak und hatte den Verdacht, dass er auf mich gewartet hatte.

„Menno, Miles. Kannst du es einfach unterlassen mich dauerhaft zu erschrecken? Irgendwann trifft mich noch der Schlag mit deinen Aktionen. Was willst du denn schon wieder von mir?", fragte ich barsch.

„Was sollte das vorhin wieder im Bauwagen, Kim? Sag mir endlich, wie du zu Ethan stehst. Ich möchte endlich Klarheit haben. Ihr beide hängt zusammen wie die Kletten. Vor allen Dingen kläre mich auf, warum du aus Irland verschwinden willst. Was ist der Grund dafür?", fragte er nach.

Ich sah ihn an und bevor ich auch wieder ausflippte, kam ich zu dem Entschluss in Ruhe mit ihm zu Reden. Irgendwann musste ich es sowieso tun. Der Ort hier bot die Gelegenheit dazu und ich war alleine mit ihm.

Keiner konnte uns bei diesem Gespräch stören.

Ich ergriff seine Hand, zog ihn Richtung Treppe und setzte mich. Miles tat es mir gleich und schaute mich erwartungsvoll an.

„Okay Miles, ich werde dir jetzt Rede und Antwort stehen und das zum Letzten Mal. Du gibst sonst nie Ruhe. Ich hoffe du hast es dann endlich kapiert und versuchst es umzusetzen. Zum wiederholten Mal, ich habe nichts mit Ethan und werde auch nie etwas mit ihm anfangen. Sein Herz gehört bereits jemanden anderem. Ich habe zu ihm nur ein freundschaftliches Verhältnis wie zu Bill. Mehr nicht. Der Grund warum ich Irland verlasse, bist du und das weißt du bereits. Wenn du einen Funken Liebe für mich verspürst, lass mich bitte gehen, denn ich möchte für dich keine Angriffsfläche mehr bieten. Außerdem bin ich ja nicht aus dieser Welt und wir können das mit den Kindern vernünftig regeln. War diese Ausführung nun klar und verständlich für dich? Warum muss ich dir immer eine Erklärung abgeben? Du machst es doch in Bezug auf Helen auch nicht. Mir brennen auch viele Fragen auf der Zunge, nur ich nehme dein Schweigen eben hin. Lass es einfach gut sein und uns vernünftig trennen. Das ist das einzige um was ich dich bitte, Miles."

„Kim? Liebst du mich etwa immer noch?", fragte er vorsichtig.

„Ja, Miles. Ich liebe dich immer noch und daran wird sich bis zu meinem Tod auch nichts ändern. Es ist so, wie es ist und es ist gut so. Ich möchte dieses Thema jetzt nicht vertiefen und werde gleich die Zwillinge abholen. Wir haben ja ein Date heute Nachmittag mit unseren Zwergen im Stammcafè und außerdem muss ich für unser Essen heute abends, etwas einkaufen. Bis nachher Miles und sei bitte pünktlich", legte ich ihm nahe und stand auf.

Er erhob sich ebenfalls und versprach überpünktlich zu erscheinen.

Bevor ich von der Baustelle verschwinden konnte, zog er mich ohne Vorwarnung an sich und versuchte mich zu küssen.

Entgeistert stieß ich ihn zurück und schüttelte mit dem Kopf.

„Nein! Miles, bitte nicht. Spiele nie mehr mit meinen Gefühlen, wen du nur Mitleid für mich empfindest oder es aus schlechtem Gewissen heraus für richtig hältst. Ich verkrafte solche Übergriffe nicht mehr. Wir sehen uns im Cafè. Bis dann", mit diesen Worten verließ ich fluchtartig die Baustelle.

Nachdem ich Zoe und Wes abgeholt hatte, kaufte ich für den Abend ein, bereitete schon etwas vor und machte mich dann mit den Kids auf den Weg zu Miles. Dieser wartete bereits und bestellte kurz darauf einen Kaffee für mich.

Wir unterhielten uns über belanglose Dinge und bevor ich mit den Zwillingen wieder nachhause ging, teilte er mir mit, dass Helen heute abends nicht mitkommen würde. Ich stutzte und erkundigte mich, woran es lag.

Miles gab die Erklärung ab, dass sich Helen nicht gut fühlte und schon bald ins Bett wollte.

Mir war das auch irgendwie recht und ich machte mir weiter keine Gedanken darüber.

Wir verließen das Cafè und trafen auf Bill und Dana.

Obwohl Bill auf Miles nicht gut zu sprechen war, nachdem was alles im Vorfeld passiert war, begrüßte er ihn recht herzlich und verwickelte ihn in ein Gespräch.

Miles war erleichtert, dass Bill ihn mit offenen Armen aufnahm.

Ich atmete auf und verabschiedete mich.

„Sorry, Leutchen ich muss nachhause. Bill und Dana wenn ihr wollt, könnt ihr heute abends dazukommen. Ich gebe eine kleine Dinnerparty zum Empfang für meine Vertretung. Ich gehe nach Deutschland zurück und arbeite sie zurzeit ein. Das kann ich aber alles später erklären. Was ist? Habt ihr Lust zu kommen?", fragte ich erwartungsvoll.

Beide stimmten zu und versprachen es.

„Miles, wenn du möchtest, kannst du etwas früher erscheinen und dich um die Kids kümmern. Somit habe ich Luft bei der Zubereitung des Abendessens und damit ist mir sehr geholfen."

„Gerne, Kim. Ich freue mich über deinen Vorschlag und erscheine schon eine Stunde früher", strahlte er mich an.

„So, aber nun muss ich wirklich los. Bis später ihr Lieben", warf ich in die Runde.

Mit diesen Worten machte ich mich auf den Weg und freute mich darauf, dass meine Freunde, wenigstens an diesem Abend gemeinsam bei mir waren.

Nachdem ich zuhause angekommen und die Zwillinge versorgt hatte, deckte ich den Tisch für heute abends ein. Ich gestaltete schnell die Menükarten und begann mit dem Kochen. Die Zeit verging dabei sehr schnell und da klingelte es bereits an der Tür.

Miles war schon da, allerdings zwei Stunden zu bald.

Ich schickte ihm den Aufzug und freute mich auf sein Erscheinen.

Grinsend trat er aus dem Fahrstuhl und drückte mir wie in alten Zeiten einen Kuss auf die Wange.

Aufseufzend lotste ich ihn in das Arbeitszimmer, wo die Kids spielten. Er nahm beide gleich in Beschlag und setzte sich mit ihnen ins Wohnzimmer. So konnte er sich mit mir unterhalten und sich gleichzeitig um Zoe und Wes kümmern. In kürzester Zeit war ich mit den Vorbereitungen fertig und setzte mich noch etwas zu Miles.

Die Zwillinge nahmen uns voll in Beschlag und dann war Schlafenszeit.

„Kim? Darf ich dir dabei helfen, die beiden ins Bett zu bringen oder ist es dir nicht recht?", fragte er zögernd.

„Kein Problem, Miles. Behalte aber deine Hände bei dir und nutze die Gelegenheit nicht aus, dass ich mit dir alleine bin", nahm ich ihm das Versprechen ab.

„Okay, Kim ich habe verstanden und du musst keine Angst haben, dass ich über dich herfalle."

Wir schnappten uns die Kids und gingen nach oben ins Kinderzimmer.

Kurz darauf klingelte es, ich eilte nach unten und die ersten Gäste standen bereits vor der Tür.

Ethan und Kess machten den Anfang und bedankten sich für die Einladung.

So wie es aussah, waren sich die beiden nachmittags tatsächlich näher gekommen, denn beide strahlten über alle vier Backen.

Ich grinste anzüglich und Ethan drohte mir mit dem Zeigefinger.

Minuten später erschienen dann Bill und Dana und freuten sich, dass wir wieder zusammen feierten, wie in alten Zeiten.

„Wo ist den Miles und Helen", fragte Bill nach.

„Miles ist bereits seit Stunden da und bringt gerade die Kids zu Bett. Helen ist nicht anwesend. Sie fühlte sich nicht gut und wollte schon früh zu Bett", erklärte ich ihm.

„Das ist aber sehr eigenartig, denn wir haben vor ein paar Minuten Helen und Jack gesehen, als wir mit dem Auto auf dem Weg zu dir waren. Sie machte nicht den Eindruck, dass es ihr schlecht ginge, im Gegenteil", gab Bill von sich.

Gleichzeitig räusperte sich jemand hinter uns.

Erschrocken drehte ich mich um, sah Miles entsetzte Augen und mir wurde klar, dass er unser Gespräch mitbekommen hatte.

Um von dieser unangenehmen Situation abzulenken, bugsierte ich alle in die Küche und forderte sie auf Platz zu nehmen.

Meine Gäste studierten neugierig die Menükarte und ich sah ein freudiges Aufblitzen in Miles Augen.

„Kim, du hast ein italienisches Essen zubereitet. Nun bin ich aber gespannt, ob es besser schmeckt als beim Italiener um die Ecke", ärgerte er mich.

„Das habe ich extra für dich gezaubert. Ich hatte es dir ja schon einmal versprochen und bin nicht mehr dazu gekommen. Genieße es, denn es ist mit Liebe gekocht, Miles", gab ich frech zurück.

„Ja, Liebe geht eben doch durch den Magen", ergänzte Bill grinsend und ich musste lachen.

Ich trug meine Minestrone auf, bevor sie kalt wurde. Gefolgt von einem gefüllten Kräuter-Spinat-Omelett und Pilz-Spinat-Spaghetti, sowie Pizza Margherita.

Meine Gäste waren entzückt von meinem Gericht und Miles nickte mir anerkennend zu.

Bevor die Speisefolge weiterging legte ich eine kleine Pause ein, denn jeder stöhnte bereits auf und war jetzt schon satt. Auf Nachfrage ob jemand Kaffee wollte, einigten sich alle auf einen Espresso, den sie auch von mir bekamen.

Während ich ihn zubereitete, erschien Miles in der Küche und bat mich um eine kurze Unterredung im Arbeitszimmer. Ich wusste was nun kam, denn ich hatte bereits schon den ganzen Abend darauf gewartet.

„Kim? Ich habe unfreiwilliger Weise, dass Gespräch zwischen dir und Bill mitbekommen. Stimmt es, was er erzählt hat?", hakte er nach.

„Ich weiß es nicht, Miles. Am Besten ist du fragst Bill selbst, was vorgefallen ist. Ich halte mich da raus und habe dir bereits gesagt, dass Helen ein Tabuthema für mich ist. Am klügsten ist, wenn du sie selbst darauf ansprichst oder den Ratschlag von mir in Erwägung ziehst und einen Detektiv einschaltest. So und nun muss ich zurück und die Nachspeise vorbereiten. Wenn du willst, kannst du den Gästen den Espresso bringen."

Miles nickte und verschwand in die Küche. Ich atmete erleichtert aus und war froh, dass Bill diese Geschichte zum Besten gegeben hatte und nicht ich.

Miles tat mir leid und ich hätte ihn am liebsten in den Arm genommen.

Nur war es auch ganz gut, dass er diese Erfahrung am eigenen Leibe zu spüren bekam. Ich eilte in die Küche zurück und holte den Nachtisch. Es gab als krönenden

Abschluss Obstsalat mit Amaretto und danach waren wir alle mehr als satt. Der Abend wurde noch recht lustig und somit hatte ich Kess einen guten Einstieg geschaffen. Gegen zwei Uhr morgens löste sich unsere kleine Gruppe auf und ich musste im Nachhinein feststellen, dass Miles ziemlich angetrunken war. Er war im Laufe des Abends kurz mit Bill verschwunden und ich war mir sicher, dass er sich die Geschichte mit Helen und Jack nochmals hatte erzählen lassen. In diesem Zustand konnte er nicht nachhause fahren und ich machte den Vorschlag, dass er im Wohnzimmer auf der Couch verbringen konnte. Er bedankte sich, nahm mein Angebot an und ich atmete erleichtert auf. Miles war am Morgen bereits verschwunden.

Ich ließ den Abend nochmals Revue passieren und wünschte mir, dass er meinen Ratschlag mit der Detektei beherzigen würde. Nach dem Frühstück machte ich mich mit den Zwillingen auf den Weg zu Doc. Eine meiner Routineuntersuchungen stand an und ich hoffte, dass alles in Ordnung war. Doc freute sich riesig und erkundigte sich nach meinem Befinden. Wir kamen ins Plaudern und als er auf Miles zu sprechen kam, brach ich wieder einmal in Tränen aus.

„Kim? Was ist in den letzten Monaten passiert? Ich habe bemerkt, dass du wieder in einem seelischen Tief hängst und wollte nur nichts sagen", gestand er mir.

„Verdammt! Ich habe wieder Probleme mit Miles und diesmal wird es wohl das endgültige Aus für uns sein. Helen bekommt angeblich ein Kind von ihm, was ich bezweifle. Ich bin todunglücklich, Doc."

Ich erzählte ausführlich was in den letzten Monaten passiert war. Doc war mehr als entsetzt und bat mich dann in die Kabine.

Nach der Untersuchung und der Begutachtung meines

Schädels anhand des Kernspins, schaute er mich sehr ernst an.

„Kim? Hattest du in der letzten Zeit extrem starkes Nasenbluten?", fragte er nach.

„Nein! Doch! Auf der Baustelle nach einem heftigen Sturz, nach einer unschönen Szene mit Miles. Das war aber das einzige Mal, sonst nicht. Warum? Ist etwas nicht in Ordnung mit mir?", hakte ich nach.

„Kim, bleib bitte jetzt ganz ruhig. Der Tumor fängt wieder zu Wuchern an. Anscheinend haben wir doch nicht alles entfernen können. Du weißt, was das für dich bedeutet?", fragte er erneut.

Mir wurde schlecht nach dieser Eröffnung und ich sah Doc entgeistert an.

„Ja, ich weiß es. Eine erneute Öffnung des Schädels, um den Rest zu entfernen. Mein Gott, dass ganze Schauspiel noch einmal. Die Angst, dass Augenlicht doch zu verlieren. Nein, ich glaub das steh ich nicht nochmals durch. Geht es gar nicht anders? Mir bleibt aber auch nichts erspart", gab ich resigniert von mir.

„Nein, es geht nicht anders. Tut mir leid, dass ich dir diese Nachricht überbringen muss", erklärte Doc.

„Okay, dann möchte ich die Operation schnell hinter mich bringen. Das gleiche Prozedere wie letztes Mal und kein Wort zu Miles. Ich brauche absolute Ruhe und Abstand. Ich hab gerade wieder genug Stress hinter mir", gab ich von mir.

Doc versprach, alles wie bei der vorherigen OP zu handhaben und ich machte einen Termin mit ihm aus, wann ich mich im Krankenhaus einfinden musste. Mehr als verstört verließ ich mit den Kids die Praxis.

Ich fragte mich, unter was für einem Unglücksstern eigentlich mein Leben stand.

Bis jetzt hatte ich nur negatives an der Backe und es

schien kein Ende zu nehmen.

Ich informierte Kathy, die erschrocken reagierte und nur hoffte, dass alles glimpflich verlief.

Sie würde sich während der Operation und der anschließenden Genesung von mir, wieder um beide kümmern.

Wenigstens diese Sorge war ich schon los.

Ich verdonnerte sie auch in diesem Fall dazu, dass Miles nichts erfahren durfte und sie versprach es mir.

Die nächsten Wochen überstand ich mehr schlecht als recht. Meine Gedanken schweiften auch immer mehr von meiner Arbeit ab, was bereits Miles bemerkte. Er löcherte mich dauerhaft und wollte wissen, was mit mir los wäre. Irgendwann platzte mir dann der Kragen und ich knallte ihm an den Kopf, dass ich erneut operiert werden müsste. Auf Nachfrage von ihm, ob er mir helfen könnte, gab ich ihm nur zur Antwort, mich endlich zufrieden zu lassen. Wie immer zog er beleidigt ab, was mir aber sehr recht war.

Der Tag der Operation war gekommen und ich begab mich mit gemischten Gefühlen ins Krankenhaus. Die Operation verlief zum Glück positiv und nach vier Wochen konnte ich bereits nachhause. Doc hatte mir nahe gelegt, mich zu schonen und endlich einen Schlussstrich unter die Beziehung mit Miles zu ziehen.

Irgendwie hatte er Recht und ich wollte es in die Tat umsetzen.

Während meines Aufenthaltes im Krankenhaus, hatte Dana ein gesundes Mädchen namens Sara entbunden.

Eine Woche später brachte Helen das vermeintliche Kind von Miles zur Welt.

Bill überbrachte während eines Besuches die Neuigkeit und bestätigte meinen Verdacht, dass dieses Kind mit Sicherheit nicht von Miles sein konnte. Helen hatte einen gesunden Jungen entbunden, der weder Miles Gesichtszüge trug noch seine Haarfarbe hatte.

Jerome, so hieß das Kind war strohblond, wie Jack.

Auf Miles drängen, ihm zu erklären, warum das Kind ihm in keiner Weise ähnlich sah, war Helen dann so ausgerastet, dass sie ihm die Wahrheit an den Kopf geknallt hatte. Ich lachte und empfand kein bisschen Mitleid für Miles.

Geschah ihm recht.

Nun war ich gespannt, ob er immer noch dazu stand, zur Erfüllung seines Lebens.

Da konnte ich mit meinen Bastarden wohl kaum mithalten.

Auf seinen Besuch kurz nach meiner Entlassung, musste ich auch nicht lange warten.

Eines Tages klingelte es an meiner Haustür.

Nach einem Blick in den Monitor erkannte ich Miles.

Ich grinste, ließ ihn herein und wusste, was nun kam.

Kaum öffnete sich der Fahrstuhl, stürmte Miles heraus und eilte auf mich zu.

„Kim, ich muss dir fürchterlich Abbitte leisten. Du hast mit allen Vermutungen Recht behalten und ich musste feststellen, dass mich Helen nur benutzt hat, um finanziell abgesichert zu sein. Sie hat mich belogen und betrogen. Bitte gib mir eine Chance, dich für mich zu gewinnen. Ich habe einen fürchterlichen Fehler gemacht und nie aufgehört dich zu lieben."

„Nein! Miles, vergiss es! Nur weil du jetzt feststellen musstest, dass du nicht der Vater bist, bin ich dir wieder gut genug. Du hast mich in den vergangenen Monaten behandelt wie Dreck. Missbraucht und mir übelst gedroht. Ich wusste schon immer, dass dieses Kind nicht von dir sondern von Jack ist. Nun konntest du es selbst feststellen durch die Detektei, anhand der

166

blonden Haare und durch die Bestätigung von Helen selbst, die es dir in ihrer Wut an den Kopf geknallt hat. Helen war immer deine Favoritin und soll es nun auch bis ans Ende deines Lebens bleiben, denn ich möchte dich nicht mehr zurück, Miles. Du hast mein Seelenleben zerstört und jeden Mann, den ich kennen gelernt habe, verglich ich mit dir. Zum Schluss wurde ich nicht mehr bindungsfähig aus Angst immer wieder alles zu verlieren. Ich ziehe es vor, ab jetzt mein Leben alleine zu bestreiten. Kein Mann wird mich je wieder verletzen und so extrem mit meinen Gefühlen spielen, Miles, wie du es getan hast. Ethan wäre vielleicht noch derjenige gewesen, der es verdient hätte, da er immer mit offenen Karten gespielt und mich und meine Wünsche respektiert hat. Er hat mich schrittweise und mit sehr viel Geduld zu meinen eigenen Gefühlen zurückgeführt. Ich bin nie eine intime Beziehung mit Ethan eingegangen, obwohl er um mich geworben hat. Nun ist Kess aufgetaucht und hat ihn an seine verstorbene Freundin erinnert. Ich wollte ihm nicht im Wege stehen und habe ihn freigegeben. So und nun geh du zu Helen zurück und hadere da mit deinem Schicksal."

Nach diesen Worten bat ich Miles zu gehen und machte mich selbst noch mal auf den Weg in die Stadt. Ich musste raus hier, den Kopf freibekommen und suchte nach einer Lösung, um Miles zu vergessen. Es fiel mir keineswegs leicht, denn ich liebte ihn immer noch, auch wenn ich versuchte es zu verdrängen.

Als ich zuhause vorfuhr, sah ich bereits das Auto von Ethan stehen. Er hatte auf mich gewartet, um sich von mir zu verabschieden und stieg nun aus. Er und Kess hatten beschlossen zu heiraten. Beide hatten Urlaub genommen und somit war ich wieder mit Miles allein um das Hotel fristgerecht fertig zu stellen.

Kess blieb im Auto sitzen und winkte mir lächelnd zu, was ich erwiderte.

Ethan nahm mich liebevoll in die Arme, drückte mich zum Abschied an sich und wünschte mir alles Gute für mein weiteres Leben.

Er gab mir folgende Sätze mit auf den Weg.

- Vergiss die Träume nicht, wenn die Nacht wieder über dich hereinbricht und die Dunkelheit dich wieder gefangen zu nehmen droht. Noch ist nicht alles verloren. Deine Träume und deine Sehnsüchte tragen Bilder der Hoffnung in sich. Deine Seele weiß, dass in der Tiefe Heilung schlummert und bald in dir ein neuer Tag erwacht. Ich wünsche dir, dass du die Zeiten der Einsamkeit nicht als versäumtes Leben erfährst, sondern dass du beim Hineinhorchen in dich selbst noch Unerschlossenes in dir entdeckst. Ich wünsche dir, dass dich all das Unerfüllte in deinem Leben nicht erdrückt, sondern dass du dankbar sein kannst für das, was dir an Schönem gelingt. Ich wünsche dir, dass all deine Traurigkeiten nicht vergeblich sind, sondern dass du aus der Berührung mit deinen Tiefen auch Freude wieder neu erleben kannst. -

Heulend löste ich mich aus seinen Armen.

„Weißt du Ethan, du kannst vor dem davon laufen, was hinter dir her ist, aber was in dir ist, holt dich ein. Manchmal ist ein Augenblick, ein kurzer Augenblick, in der wir die wahre Liebe erfahren dürfen. Wer es schafft mehr davon zu bekommen, muss unendlich glücklich sein. Die Liebe ist schwer zu finden, aber wenn du sie gefunden hast, halte sie gut fest, damit sie dich nicht wieder im Stich lässt. Das zu verlieren was einem am meisten bedeutet ist unheimlich schwer, doch das Leben fragt dich nicht, ob du es willst oder nicht, oder ob du es verdient hast oder nicht. Es passiert einfach. Doch es tut unheimlich weh!"

Ich wünschte Ethan viel Glück mit Kess.

Er bestärkte mich einen Neuversuch mit Miles zu starten und war sich sicher, dass alles gut werden würde.

Winkend stieg er in sein Auto und fuhr davon.

Auf einmal wurde mir alles zuviel und wuchs mir über den Kopf.

Ich schluckte und machte mich auf den Weg in mein Appartement, um meine Koffer zu packen. Das einzige was ich jetzt nur noch wollte war, weg aus Irland mit den Kids. Ich wollte Miles auch nicht mehr über den Weg laufen und ihn so schnell wie möglich vergessen.

Mein Entschluss stand fest.

Ich rief Kathy an und teilte ihr mit, dass ich kurzfristig die Flucht nach vorne angetreten hatte und sie mir schnellstens die Kinder bringen sollte.

Die gleiche Nachricht übermittelte ich auch Stefan in einem kurzen Telefonat.

Er war sichtlich bestürzt, verstand mich aber und würde mich in meiner Villa erwarten.

Kathy kam eine Stunde später mit Zoe und Wesley und war völlig in Tränen aufgelöst. Ich schluckte und auch ich musste um Fassung ringen, als ich sie in dem Zustand sah.

„Kathy, bitte nicht, sonst fange ich auch an zu Heulen. Ich komme doch wieder zurück. Spätestens in einem Vierteljahr bin ich wieder hier. Diese Auszeit brauche ich einfach, um mir entgültig über die Situation klar zu werden. So kann es nicht mehr weitergehen, sonnst drehe ich vollends durch. Miles weiß nichts davon und ich möchte dich bitten ihm auch nichts zu sagen, dass ich wieder zurückkomme. Nun habe ich auch noch Ethan verloren, obwohl ich es ihm von Herzen gönne, dass er mit Kess glücklich leben kann. Sie sieht seiner verstorbenen Freundin wirklich mehr als ähnlich und ich wünsche ihnen viel Glück. Ich habe Ethan zu verdanken, dass ein paar Funken Selbstachtung und einige Gefühle wieder in mir entfacht wurden. Kathy ich muss dir etwas gestehen, auch wenn es für dich unlogisch klingen mag. Ich liebe Miles noch immer und vergehe vor Sehnsucht nach ihm. Nur habe ich fürchterliche Angst mich wieder an ihn zu verlieren und danach wieder bitterlich enttäuscht zu werden. Jetzt wo ich weiß, dass ich meine Krankheit überleben werde, sehe ich wieder einen Hoffnungsschimmer für uns Beide. Nur muss Miles den ersten Schritt wagen und sich etwas Besonderes einfallen lassen. Ich werde es nicht wieder tun. So und nun Schluss mit der Heulerei, es ändert sich sowieso nichts an meinem Entschluss. In vier Stunden muss ich am Flughafen sein und muss mich jetzt schnell beeilen. Wenn du möchtest, kannst du mir beim Packen helfen."

Kathy wischte sich die Tränen aus den Augen und schnäuzte ein paar Mal geräuschvoll ins Taschentuch.

Dann lachte sie und ging mir hilfreich zur Hand. Wir plauderten noch etwas über die vergangenen Zeiten und dann war es auch schon so weit.

Ich verbrachte die Koffer in den Aufzug, drückte Kathy meinen Zweitschlüssel in die Hand und verabschiedete mich bei ihr.

Sie winkte den Kids und mir zu und dann fuhr der Lift in die Tiefgarage. Ich atmete tief durch und wartete bis sich die Türe des Aufzugs öffnete. Dann schnappte ich die Koffer und die Kids und lief Richtung meines

Wagens. Erschrocken prallte ich zurück, als ich Miles erblickte. Er stand da und schien auf uns gewartet zu haben. Irgendjemand schien ihn wohl benachrichtigt zu haben, was ich vorhatte.

Mir wurde zeitgleich schlecht und heiß.

Mein Herz fing heftig an zu schlagen und ich hoffte, dass Miles mir jetzt keine Szene machte. Ich stellte meine Koffer ab, schloss das Auto auf und verstaute alles im Kofferraum. Die Zwillinge waren inzwischen auf ihn zugeeilt und er kniete sich zu ihnen herunter. Aus den Augenwinkeln sah ich, dass er beide an sich zog und drückte.

Ich stöhnte auf, schloss meine Augen und fragte mich innerlich, ob ich in diesem Augenblick auch das Richtige tun würde. Am liebsten hätte ich wieder einmal laut meine Gefühle herausgeschrien, so elend ging es mir gerade wieder. Ich öffnete meine Augen und zuckte zusammen.

Miles stand unmittelbar mit den Kindern vor mir und schien mich die ganze Zeit beobachtet zu haben.

„So, nun scheint es also doch ein Abschied für immer zu werden, Kim. Ich wünsche dir alles Gute für die Zukunft. Bitte entfremde mir Zoe und Wesley nicht ganz, damit sie auch wissen, dass sie noch einen Vater haben", legte er mir ans Herz.

Ich atmete tief durch.

„Miles, ich werde die Kids immer daran erinnern, dass sie einen Vater haben. Das habe ich bis jetzt immer getan und wenn es nur anhand eines Bildes war. Ich hoffe nur für dich, dass du nun endgültig den Weg findest, den du für richtig hältst. Außerdem weißt du, wo ich zu finden bin und du kannst uns jederzeit besuchen kommen. Jetzt wird es aber Zeit für uns, sonst verpasse ich den Flug. Leb wohl Miles. Ich wünsche dir alles Gute für die Zukunft. Denke daran, auch das glücklichste Leben ist nicht ohne ein gewisses Maß an Dunkelheit denkbar; und das Wort Glück würde seine Bedeutung verlieren, hätte es nicht seinen Widerpart in der Traurigkeit."

Nach diesen Worten reichte ich Miles die Hand.

Dieser zog mich an sich und ich ließ es geschehen.

Nach unendlichen Sekunden löste ich mich von ihm, schaute ihm noch einmal tief in die Augen und küsste ihn ein letztes Mal mit all meiner Liebe, die ich für ihn verspürte. Danach schnappte ich mir die Zwillinge, schnallte sie in ihren Kindersitzen fest und schloss die Autotür. Miles war hinter mich getreten und drehte mich ganz vorsichtig zu sich herum.

„Kim, bitte bleib. Geh nicht. Ich bin mir sicher, es wird alles wieder gut", beschwor er mich.

„Nein, Miles. Ich kann nicht. Auch nicht, wenn ich wollte. Es ist zuviel vorgefallen und ich brauche jetzt erst einmal für längere Zeit Abstand. Meine Seele muss endlich etwas zur Ruhe kommen und ich hoffe du verstehst das. Es ist alles offen und wer weiß, was die Zukunft noch bringt", antwortete ich ihm leise.

Miles schaute mich nach diesen Worten sehr lange an und ich versuchte meine aufkommenden Tränen zu unterdrücken. Er ließ mich los und verabschiedete sich von mir. Ich stieg ins Auto winkte ihm noch einmal zu und fuhr aus der Tiefgarage in Richtung Flughafen.

Der Flug verlief gut und ich war froh, als ich mit den Kindern endlich wieder in Deutschland war.

Gegen Abend traf ich in München-Bogenhausen ein und wurde bereits von Stefan erwartet, der uns mit einem festlichen Essen in meinem Haus empfing.

Er freute sich sehr, mich zu sehen und erkundigte sich

nach meiner Krankheit. Ich erklärte ihm, dass alles gut verlaufen war und der Tumor keine Chance mehr hatte weiterzuwuchern.

Stefan drückte mich an sich und verabschiedete sich dann.

„Kim, wir sehen uns dann übermorgen in alter Frische wieder. Ich habe deinem Wunsch entsprochen und Kai ausfindig gemacht, damit er als Kindermädchen fungieren kann. Er war zwar etwas erstaunt, aber auch gleichzeitig erfreut, dass du ihm verziehen hast. Das Weitere kannst du morgen selbst mit ihm besprechen. Kai kommt gegen Nachmittag und somit hast du genügend Zeit dich auszuschlafen. So, ich gehe nun und schön, dass du wieder da bist."

„Danke Stefan und viele Grüße an deine Freundin für ihr Verständnis", rief ich ihm hinterher.

Stefan drehte sich um und winkte.

Ich schloss die Haustür und lehnte mich erschöpft dagegen. Nun fing ein neuer Lebensabschnitt für mich an. Als erstes wollte ich das Haus völlig renovieren.

Neue Möbel mussten her und ich würde mich gleich morgen auf die Suche danach machen. Die Zwillinge wurden quengelig und ich verzog mich mit ihnen in die Oberetage.

Ich war hundemüde, fiel noch in angezogenem Zustand regelrecht wie ein Stein ins Bett und schlief sofort ein.

Am Morgen wurde ich von Kaffeeduft geweckt und wunderte mich.

Entweder war Stefan noch einmal vorbeigekommen oder Kai war schon früher als erwartet erschienen. Ich musste in mich hineingrinsen, räkelte mich, stand auf und verschwand ins Bad.

Nach einer ausgiebigen Dusche fühlte ich mich gleich

wieder fit, wickelte ein Laken um mich und eilte ins Kinderzimmer.

Zoe und Wes befanden sich nicht mehr in ihren Betten und ich war mir nun sicher, dass Kai bereits vor Ort war. Im Eilschritt lief ich nach unten und sah, dass die Kids in ihren Hochstühlen saßen und frühstückten.

Von Kai keine Spur.

Ich stutzte und lief ins Wohnzimmer. Auch hier war er nicht und ich ging zurück in die Küche.

„Kai? Bist du schon da? Wenn ja, wo bist du?", rief ich.

Während ich mir Kaffee einschenkte, hörte ich aus dem Atelier Geräusche und das jemand in Richtung Küche eilte.

„Möchtest du auch Kaffee, Kai?", fragte ich, ohne mich umzudrehen.

„Ja, Kim. Ich würde liebend gerne mit dir gemeinsam eine Tasse Kaffee trinken."

Mir fiel vor Schreck die Tasse aus der Hand und ich drehte mich um.

„Miles? Was willst du denn hier? Wie bist du ins Haus gekommen? Ich hatte dir keinen Schlüssel überlassen. Verflucht noch mal, was wird denn hier schon wieder gespielt?", wollte ich wissen.

Aufstöhnend setzte ich mich auf einen Küchenstuhl und starrte immer noch in seine Richtung.

„Kim, ich bin gestern noch mit dem nächsten Flug eingetroffen und es war mit Stefan ausgemacht, dass er mir den Schlüssel gibt. Ich bin heute Nacht sehr spät angekommen. Nicht Kai ist das neue Kindermädchen für die Zwillinge, sondern ich."

„Oh, mein Gott", brachte ich nur heraus.

Ich schlug mir die Hände vor die Augen und musste

174

erst die Situation verkraften. Wieder hatte man mich überrollt und angelogen.

Langsam fand ich diese Geschichte nicht mehr lustig.

Mir wurde schlecht und ich schaffte es gerade noch ins Badezimmer.

Wie betäubt machte ich mich danach wieder etwas frisch, schaute mir bleich im Spiegel entgegen und ging zurück in die Küche.

„Miles, ich möchte bitte eine Erklärung, und zwar eine sehr gute. Was soll der Mist schon wieder, verdammt noch einmal! Ich werde hier noch irre!", schrie ich ihn an.

Er kam auf mich zu, setzte sich mit an den Tisch und schenkte sich ebenfalls eine Tasse voll.

„Bitte nicht so laut vor den Kindern, Kim. Sie schauen schon ganz verstört. Lass uns erst einmal Frühstück machen und dann werde ich dir in Ruhe, Rede und Antwort stehen."

Mir war der Appetit vergangen und ich beschränkte mich nur auf Kaffee. Mein neuer Lebensabschnitt fing ja schon wieder gut an.

Nachdem wir fertig waren, nahm Miles die Zwillinge aus den Stühlen und setzte sie zum Spielen ins Atelier.

Ich war ins Wohnzimmer geeilt und machte es mir auf der Couch bequem. Miles kam und setzte sich mir gegenüber in einen der Sessel.

„So, Miles. Nun bitte ich unverzüglich um Aufklärung und wenn du keine gute hast, kannst du sofort nach Irland fliegen", warf ich ihm entgegen.

Bevor er mir antworten konnte, klingelte mein Handy. Ich sah auf dem Display, dass es Stefan war. Dieser kam mir gerade recht und ich war bereit, ihm ein paar passende Worte zu sagen.

Genervt meldete ich mich und bat um sofortige

Stellungnahme. Stefan beruhigte mich und klärte mich auf, was es mit Miles auf sich hatte. Ich hörte ihm geduldig zu, warf Miles zwischendurch ein paar Blicke zu und war nach dem Bericht erst einmal völlig von der Rolle. Stefan setzte sich stark für Miles ein und nahm mir das Versprechen ab, ihm zuzuhören.

Ich versprach es und beendete das Gespräch.

Danach richtete ich meine Aufmerksamkeit wieder auf Miles.

„Okay, Miles. So wie ich das gerade mitbekommen habe, hast du einen Fürsprecher und Stefan hat sich für dich in die Bresche geschlagen. Ich werde dir zuhören, weil ich es ihm versprochen habe. Wie ich entscheiden werde, weiß ich jetzt noch nicht. Also, was hast du mir zu sagen?"

Miles dankte mir und legte los.

„Nachdem du gestern schon weg warst, hat Stefan angerufen. Er konnte dich nicht mehr erreichen und war der Meinung, dass du vielleicht noch bei mir vorbeigeschaut hast. Ich erklärte ihm, dass du bereits im Flugzeug sitzen würdest und so kamen wir eben ins Gespräch. Stefan machte mir den Vorschlag, dass ich anstelle von Kai das Kindermädchen spielen könnte, um mich zu bewähren. Die Idee war willkommen und ich nahm den nächsten Flug nach Deutschland. Ich hoffe du kannst mir verzeihen und schickst mich nicht zurück. Bitte Kim, gib mir eine Chance", flehte er mich an.

Ich saß wie versteinert und meine Gefühle gerieten wieder aus den Fugen.

Verzweifelt suchte ich einen Ausweg und hakte nach.

„Wo ist dein Koffer, Miles? Ich sehe hier nirgendwo etwas. Wie hast du dir das alles vorgestellt mit der Unterbringung? Vor allen Dingen, wie soll es mit uns nun weitergehen? Das sind alles Fragen, auf die ich gerne eine Antwort hätte."

Miles schaute mich an und stand auf.

„Ich habe keinen Koffer dabei, Kim. Das was ich am Leibe trage ist mein Koffer. Die Unterbringung überlasse ich dir. Entweder überlässt du mir eines der Zimmer oder ich quartiere mich in einem Hotel ein. Wie es mit uns weitergehen soll, weiß ich auch nicht. Lassen wir das Schicksal entscheiden", entgegnete er.

„Verdammt, Miles. Schon wieder werde ich in eine Entscheidung gedrängt, die ich so nicht will. Ich wäre wieder in einem Vierteljahr zurückgekommen. Warum bin ich eigentlich aus Irland weg, wenn ich dich jetzt schon wieder im Nacken sitzen habe. Ich wollte doch nur etwas Ruhe zum Nachdenken. Kapiert das denn keiner? Und was ist überhaupt mit Helen? Was kommt da wieder auf mich zu? Vielleicht reist sie dir nach und dann ist das gleiche Spektakel wie immer. Nein! Miles, so haben wir eigentlich nicht gewettet. Diese Lösung ist nicht akzeptabel", gab ich verzweifelt zurück.

„Helen ist zu Jack gezogen, Kim. Bitte schicke mich nicht wieder zurück. Ich flehe dich an, lass mich hier bei dir bleiben."

Ich stand ebenfalls auf und schritt auf Miles zu.

„Miles? Ist das wieder eine deiner Lügen oder ist es dir diesmal wirklich ernst. Bitte schau mich an. Ich ertrage es nicht noch einmal und erinnere mich an deine Worte auf der Baustelle, die voller Hass waren. Das ist erst der Anfang deiner Qualen, Kim. Die dunkelsten Stunden der Hölle liegen noch vor dir. Ist es nun soweit, dass du diese Androhung wahr machst? Kommen nun diese dunklen Stunden auf mich zu?", fragte ich ihn.

Miles sah mich an und schüttelte mit seinem Kopf.

„Nein! Kim ich werde dir nichts tun, ich verspreche es. Helen ist Vergangenheit und ich hatte nur dieses freundschaftliche Verhältnis zu ihr. Seitdem sie das Kind abgetrieben hat und mir die Schuld in die Schuhe schob, hatte ich keine Beziehung mehr mit ihr. Ich habe dich auch in keiner Weise körperlich genutzt, wie du es mir vorgeworfen hast. Deine Worte haben mich immer sehr hart getroffen und verletzt. Ich konnte es allerdings verstehen, denn ich habe dich mehr als nur einmal enttäuscht und verleugnet. Kim ich liebe dich wirklich und ich werde alles tun, damit du mir endlich vertrauen kannst. Bitte!"

Seine letzten Worte waren so voller Verzweiflung, dass ich einlenkte.

„Okay, Miles. Ich weiß, dass ich einen Riesenfehler mache und sicher wieder eines vor den Bug bekomme. Eine Beziehung musstest du noch mit Helen gehabt haben, sonst hätte sie dir nicht ein Kind unterschieben können. Es ist deine allerletzte Chance. Du kannst zwei der Zimmer oben in Anspruch nehmen. Ich gehe davon aus, dass deine Geschäfte weiterlaufen sollen und du von hier aus alles managst mit dem Hotel. Heute wollte ich eine vollkommen neue Einrichtung bestellen. Du kannst mich dabei begleiten und somit auch deine Zimmer gleich entsprechend gestalten. Ich ziehe mich und die Kids an und dann können wir los. Benachrichtige bitte Stefan, was wir vorhaben. Ich werde erst nächste Woche wieder im Büro erreichbar sein, außer es ist ein Notfall", trug ich Miles auf.

Nach diesen Worten drehte ich mich um, holte Zoe und Wes und verschwand mit ihnen nach oben zum Umkleiden. Während ich mich anzog, zitterte ich die ganze Zeit vor Anspannung. Zweifel stiegen wieder in mir hoch, ob ich richtig entschieden hatte und ich wurde mir bewusst, dass ich von Miles nicht loskam. Gut, Augen zu und durch, denn was anderes blieb mir nun nicht übrig. Ich pokerte ziemlich hoch und hoffte nicht wieder zu verlieren. Nachdenklich lief ich in den Wohnraum zurück, wo sich immer noch Miles befand und gerade das Gespräch mit Stefan beendete.

„Stefan hat sein okay gegeben und du sollst erst dann wieder erscheinen, wenn alles paletti ist. So soll ich es dir ausrichten von ihm", berichtete Miles lachend.

Ich grinste.

Stefan war ein Pfundskerl und auch einer der wenigen Männer, die mich verstanden.

„Danke, Miles. So, nun können wir los und uns Möbel ansehen. Danach gehen wir Essen und genießen den Rest des Tages. Oder hast du Einwände?", fragte ich nach.

„Nein Kim, ich freue mich sogar darauf. Ich danke dir, dass du mich nicht weggeschickt hast", flüsterte Miles.

Ich schluckte, nickte und schob Miles und die Kids nach draußen.

Der Einkauf im Möbelgeschäft war wieder der reinste Amoklauf und am Schluss richtete sich jeder seine Zimmer so ein, wie er wollte.

Die komplette Einrichtung war zum Glück auf Lager und sollte Ende der Woche geliefert werden. Nun hieß es renovieren und tapezieren, was das Zeug hielt. Ich stöhnte bei dem Gedanken auf und war froh, als ich endlich etwas zu Essen bekam.

Mit Heißhunger stürzte ich mich darauf und sah ein paar Mal in das grinsende Gesicht von Miles, der sich wieder köstlich amüsierte. Auf dem Heimweg besorgte ich noch etwas Kuchen und freute mich auf einen gemütlichen Nachmittag. Obwohl Miles versucht hatte bei mir auf Tuchfühlung zu gehen, hielt ich ihn auf

Distanz und er akzeptierte es.

Zoe und Wes verlangten nach ihrem Mittagsschlaf und ich setze mich gemütlich ins Wohnzimmer auf die Couch zum Relaxen. Ich stöpselte mein Headset ins Handy und hörte Musik. Miles war verschwunden und wollte sich neue Klamotten kaufen, da er ja nun nichts weiter dabei hatte. Anscheinend schien ich wieder ins Land der Träume versunken zu sein, denn ich wurde mit einem sanften Kuss geweckt. Erschrocken schoss ich hoch und schaute irritiert in Miles Gesicht. Dieser hatte bereits den Kaffeetisch im Wohnzimmer gedeckt und setzte sich zu mir auf die Couch. Ich dankte ihm und hakte nach, ob er denn etwas Passendes zum Anziehen gefunden hatte. Er nickte und schenkte mir eine Tasse ein.

Danach wollte er wissen, wann ich beabsichtigte mit dem Ausräumen und Tapezieren des Hauses anfangen zu wollen.

„Das ist eine gute Frage. Ich denke ich werde morgen anfangen, damit bis Freitag, wenn die Möbel kommen alles fertig ist. Du hast dir ja das Durchgangszimmer organisiert. Ich würde sagen, wir richten es so ein, dass du es als Büro und Schlafraum nutzen kannst. Somit bist du in geschäftlichen Dingen immer erreichbar. Danach das Zimmer der Kids und ich werde mich am Ende einreihen", gab ich lachend zurück.

„Was ist mit den unteren Räumen, Kim?", hakte Miles nach. „Wann willst du die gestalten?"

Ich überlegte kurz.

„Die Laufen nicht weg. Das hat Zeit. Kein Problem, dass bekomme ich auch noch hin", bemerkte ich.

Miles lachte und zog mich ohne Vorwarnung an sich.

In mir versteifte sich alles, ich sprang erschrocken auf und verschüttete meinen ganzen Kaffee.

Entsetzt schaute ich Miles in die Augen.

„Miles! Wenn du hier wohnen bleiben willst, lass deine Finger von mir! Verdammt! Was sollte das wieder! Ich bin noch nicht soweit, mich deinen Streicheleinheiten hinzugeben, begreif das endlich oder geh!", schrie ich ihn an und rannte in die Küche.

Zitternd setzte ich mich auf einen Stuhl und bereute schon wieder, dass ich ihn hier wohnen ließ.

Plötzlich verspürte ich seine Hand auf meiner Schulter und stöhnte auf.

„Kim? Ich glaube es ist besser, wenn ich vorerst doch in ein Hotel ziehe. Ich helfe dir bei der Renovierung des Hauses und wenn du soweit bist, dass du mich erträgst, dann sag Bescheid."

„Nein, Miles! Du kannst hier bleiben. Ich kann nur im Moment noch nicht über meinen Schatten springen. Bitte habe Geduld mit mir, es sitzt alles noch zu tief und ich muss erst wieder Vertrauen gewinnen. Damit nicht wieder Missverständnisse aufkommen, werde ich dir sagen, was ich möchte oder nicht. Einerseits möchte ich dich in meine Arme nehmen, andererseits kann ich es nicht. Irgendwo ist noch eine Sperre, die sich erst lösen muss", gestand ich ihm und stand wieder auf, um ins Wohnzimmer zurück zu gehen.

Ich stellte mich an eines der Riesenfenster im Zimmer und schaute hinaus.

Miles war mir gefolgt und ich spürte, dass er dicht hinter mir stand.

Ich roch sein Rasierwasser und erinnerte mich an alte Zeiten.

Meine Gefühle gerieten wieder außer Kontrolle und ich stöhnte laut auf.

„Miles? Frag jetzt nicht nach, sondern nimm mich einfach in den Arm. Vergiß einfach, was ich gerade gesagt habe. Ich möchte nur deine Nähe spüren, wie früher. Bitte tu es einfach", forderte ich ihn auf.

Miles kam meinem Wunsch nach, umarmte mich und legte seinen Kopf auf meine rechte Schulter.

Das Gefühl war unbeschreiblich und ich suchte Miles Hände, in die ich meine verschränkte.

So blieben wir regungslos stehen.

Irgendwann löste Miles seine Hände aus meinen, hob mich hoch und trug mich auf die Couch zurück.

Ich atmete aus und blickte in seine Augen.

Miles stand noch immer vor der Couch, ich zog ihn zu mir herunter, setze mich vor ihn und lehnte mich wieder einmal an seinen Brustkorb.

So blieben wir schweigsam noch fast eine Stunde sitzen, bis sich die Zwillinge meldeten.

Miles erhob sich und machte sich auf den Weg nach oben, um sie zu holen.

Ich stand auf und bereitete gedankenversunken das Abendessen vor.

Die nächsten vier Wochen verliefen hektisch. Die Renovierung der Villa raubte mir den letzten Nerv und endlich war sie so umgestaltet wie ich es vorgesehen hatte. Erschöpft rutschte ich im Wohnzimmer das letzte Möbelstück in seine vorgesehene Position und setzte mich dann auf die Couch. Miles war einen Tag zuvor nach Irland geflogen, um auf der Baustelle nach dem Rechten zu sehen. Er wollte bis Ende der Woche dort verbleiben und dann wieder zurückkommen.

Ich versank in meine Gedanken und war erleichtert, dass er die letzten Wochen wie versprochen, auf Distanz geblieben war.

Miles rührte mich kein einziges Mal an und las mir jeden Wunsch von den Augen ab.

In dieser Zeit herrschte Harmonie vor, wie ich sie mir in den vergangenen Jahren an seiner Seite gewünscht hätte. Ich entwickelte für ihn wieder so etwas wie Gefühle und bemerkte zum Ersten Mal, dass er einen guten Kern besaß und eine Seele von Mann war. Ich erinnerte mich an Millys Worte und musste lächeln.

Wenn es in diesem Rahmen so weiterlief, sah ich gute Chancen für uns.

Nur trügt doch oft der Schein.

Ich seufzte auf, als mich im gleichen Moment mein Handy aus meinen Gedanken riss.

Miles rief an. Ich meldete mich und er erklärte mir, dass er die nächsten vier Wochen auf der Baustelle vollkommen eingespannt sein würde.

Eine vor Ort ansässige Baufirma hatte Insolvenz anmelden müssen und somit gerieten alle weiteren Arbeiten in Verzug. Er versprach, sobald er sich dort loseisen konnte, wieder hier zu erscheinen.

Stefan wüsste Bescheid und ich sollte mir keine Sorgen machen.

Auf Nachfrage, ob ich ihm helfen konnte, verneinte er und wünschte noch eine schöne Woche für mich und die Kids.

Enttäuscht drückte ich ihn weg.

Nun benötigte ich doch die Hilfe von Kai.

Ich wollte wieder arbeiten und die Zwillinge mussten irgendwie versorgt werden.

Nachdem ich mir von Stefan die Telefonnummer hatte geben lassen, rief ich ihn sofort an.

Kai freute sich und versprach heute Nachmittag zu erscheinen.

Bis dahin blieb mir etwas Zeit und ich entwickelte einen Schlachtplan. Wenn der Prophet nicht zum Berg kam, musste der Berg eben zum Propheten wandern.

Ich wollte Miles überraschenderweise besuchen und das Wochenende bei ihm verbringen.

Auf sein erstauntes Gesicht war ich bereits jetzt schon gespannt. Ich buchte den Flug und wollte nach dem Eintreffen von Kai alles Weitere für den Ablauf der Woche durchsprechen.

Kai erschien wie versprochen und fiel mir dankend um den Hals, dass ich im nichts mehr nachtrug.

Ich musste lachen und bat ihn herein.

„Wow! Kim, du hast die Villa vollständig umgestaltet. Sieht super aus und hat das gewisse Etwas. So, aber nun zu uns. Wie ich mitbekommen habe, musste Miles unvorhergesehen nach Irland zurück und du willst in der Zeit, bis er zurückkommt, wieder arbeiten. Nun fehlt dir ein Kindermädchen für Zoe und Wes", hakte er nach.

„Ja, Kai. Ich wollte Miles am Wochenende einen Überraschungsbesuch ohne Kids abstatten."

„Kein Problem, Kim. Erzähle mir doch wie es dir die letzte Zeit so ergangen ist. Du scheinst dich gut erholt zu haben. Ich schäme mich noch immer für das, was ich mit dir abgezogen habe."

Lachend erzählte ich ihm, was noch so in den letzten Monaten passiert war.

Kai schlug die Hände über dem Kopf zusammen und bewunderte meine Geduld in Beziehung auf Miles.

Wir verbrachten den ganzen Tag mit Erzählungen.

Ich überreichte Kai den Zweitschlüssel für die Villa, als er am Abend ging und er versprach am Morgen pünktlich zu erscheinen.

Stefan war erstaunt, als ich am nächsten Tag im Büro auftauchte und hakte nach, warum ich meine freie Zeit nicht zuhause mit Miles verbrachte.

Ich stutzte und erklärte, dass er doch wüsste weshalb

Miles für die nächsten Wochen nach Irland zurück geflogen war.

Stefan schüttelte den Kopf.

„Nein! Kim, ich habe wirklich keine Ahnung warum Miles nach Irland zurück wollte. Wie kommst du denn darauf?", gab er von sich.

Ich erstarrte und glaubte mich verhört zu haben.

„Miles hat mir gestern noch am Handy bestätigt, dass du Bescheid wüsstest und er deshalb zurück sei, da eine Baufirma vor Ort Insolvenz angemeldet hatte. Die Arbeiten würden sich dadurch verzögern und er wollte für Ersatz sorgen."

Stefan erklärte mir, dass er keine Ahnung hatte, von was ich überhaupt sprach und die Arbeiten wie geplant am Hotelprojekt ohne Verzögerung weiterliefen. Ich verstand die Welt nicht mehr und wurde mir bewusst, dass Miles mich wieder angelogen hatte.

Nun reichte es wirklich und ich wollte mir Klarheit verschaffen, warum Miles dauerhaft diese Show abzog. Irgendetwas steckte doch wieder dahinter.

Ich klärte Stefan kurz auf, dass ich eigentlich am Wochenende Miles besuchen wollte, nun aber umbuchen und noch heute nach Irland fliegen würde.

Ich wollte endlich Gewissheit haben und im Notfall einen Schlussstrich unter die Beziehung von Miles und mir ziehen. Stefan verstand die Welt nicht mehr und legte mir ans Herz, vorsichtig zu sein.

Ich versprach es ihm und fuhr völlig aufgelöst zurück nachhause.

Kai war erstaunt, dass ich schon wieder zurück war.

„Das war aber ein kurzer Arbeitstag, Kim", gab er lachend von sich.

„Ja, das war er allerdings und es wird wohl eine umso längere Woche für mich in Irland werden. Kai ich werde noch heute nach Irland fliegen. Miles hat mich belogen. Das Projekt ist gar nicht gefährdet, sondern läuft ganz normal weiter. Ich versteh das nicht. Was bezweckt er damit. Er müsste sich doch im Klaren sein, dass früher oder später sein aus Lügen erbautes Kartenhaus in sich zusammenstürzt. Ich werde ihn die ganze Woche klammheimlich beobachten, um endlich herauszubekommen, was mit ihm nicht stimmt. Mir reicht es endgültig", erklärte ich Kai.

„Ich versteh das auch nicht. Nach deinen Erzählungen verlief doch eigentlich alles Bestens bis jetzt. Vielleicht ist die Sache auch nur belanglos und hat nichts zu bedeuten. Ich wünsche es dir jedenfalls, Kim."

Er versprach, die Woche in der ich nicht hier war, sich um die Kids zu kümmern. Ich rief auf dem Flughafen an, buchte den Flug auf die nächsten Stunden um und machte mich daran, dass nötigste für die Woche in meinen Koffer zu packen.

Der Flug verlief ohne Komplikation und ich erreichte ungehindert mein Ziel. Diesmal hatte ich mich in ein Hotel eingemietet, um jegliches Zusammentreffen mit Miles auszuschließen. Ich kaufte in den Hotelinternen Geschäften diskrete Kleidung, eine schwarze Perücke und eine Kamera um die Fotos als Beweismaterial zu benutzen. So konnte ich ungehindert recherchieren.

Miles sollte diesmal nicht so ohne weiteres mit seinen Lügen bei mir durchkommen. Nur hatte ich in meiner Naivität wieder einmal die Rechnung ohne den Wirt gemacht. Die Observation erwies sich als nervig und äußerst schwierig. Ich war eben doch kein Profi, flog am zweiten Tag prompt auf, indem ich Miles direkt auf der Baustelle in die Arme lief. Er erschrak genauso wie ich und zog mich in den Bauwagen.

„Kim?! Was suchst du denn hier und was ist das für

eine alberne Verkleidung? Spinnst Du jetzt völlig?",
gab er von sich.

„Nein ich spinne nicht, Miles. Die Frage gebe ich an
dich zurück. Was läuft hier? Warum lügst du mich
schon wieder an? Stefan weiß von nichts und ich kam
wie immer, durch einen dummen Zufall hinter deine
Aktion. Miles, ich denke du bist mir mehr als eine
Erklärung schuldig."

Miles stöhnte auf und setzte sich.

„Okay, Kim. Auf der Baustelle läuft alles so weiter wie
bisher. Ja, ich habe dich angelogen, aber nur um dich
zu schützen. Trixi ist nach einem gewährten Freigang
nicht mehr in der Vollzugsanstalt erschienen. Sie ist
untergetaucht und wird bereits gezielt von der Polizei
gesucht. Ich bekam von Milly einen Anruf, dass seit
Tagen jemand ums Schloss schleichen würde.

Vorgestern hat sie einen Brief von Trixi vorgefunden,
indem diese androhte, meine ganze Brut umzubringen
und nachträglich das Schloss in Brand zu setzen.

Ich musste zurück und will versuchen, dass
angekündigte zu vereiteln. Ich wollte dich und die
Kids schützen. Nicht auszudenken, wenn Trixi heraus
bekommt, wo du wohnst", erklärte er.

„Miles, deine Entscheidung in Ehren. Wäre es nicht
sinnvoller gewesen mich einzuweihen. Was ist mit
deinem Versprechen, mich nie mehr zu belügen. Wir
hatten wunderschöne Wochen in München und ich
begann gerade wieder, mich dir etwas anzunähern. So
kann es einfach nicht mehr weitergehen. Was nützt es,
wenn dir etwas passiert und Trixi nicht gefunden wird.
Ich wäre völlig ahnungslos in diese Sache geschlittert.
Sie hätte dann immer noch die Option gehabt, den
Kids und mir etwas anzutun. Nur wärst du dann nicht
mehr vor Ort gewesen, um uns zu helfen. Ist dir das

vielleicht einmal in den Sinn gekommen?", fragte ich nach.

Miles schaute mich eine ganze Zeit nachdenklich an.

„Gut, Kim. Wir werden die Angelegenheit zusammen in Angriff nehmen. Ich werde alles Nötige veranlassen und Stefan und Kai benachrichtigen, damit sie die nötigen Schutzmaßnahmen ergreifen können."

Miles erhob sich und setzte seinen Gedankengang um. Stefan versprach zum Schutz der Kinder, sofort alles zu veranlassen und auch vor Ort die Polizeibehörde zu informieren. Ich war erleichtert und wusste, dass ich mich darauf verlassen konnte.

Nun galt es Miles zur Seite zu stehen und das zu verhindern, was Trixi ihm angedroht hatte.

Aus Sicherheitsgründen verließen wir dann getrennt voneinander die Baustelle. Ich hatte Miles mitgeteilt, in welchem Hotel er mich finden konnte und ihm nahe gelegt, gut auf sich Acht zu geben. Miles wollte sich mit mir, gegen neunzehn Uhr in meinem Appartement treffen, um einen Schlachtplan auszuarbeiten.

Ich war völlig entnervt und angespannt, als ich die Tiefgarage meines Appartements um die angegebene Zeit befuhr und hoffte, dass Miles schon vor Ort war. Miles parkte bereits und schien auf mich zu warten. Er stieg aus, schaute sich ein paar Mal um und lief winkend auf mein Auto zu.

In dem Augenblick, als ich ausstieg, hörte ich hinter mir einen Wagen mit quietschenden Reifen anfahren und kurz darauf raste er auf Miles zu.

Mir blieb das Herz stehen und bevor ich reagieren und ihn warnen konnte, hörte ich diesen Aufprall, wenn ein Körper von einem Auto erfasst wurde.

Ich sah nur noch, wie Miles zur Seite geschleudert wurde und regungslos liegen blieb.

Der Fahrer des Wagens fuhr eiskalt weiter und mir wurde in diesem Augenblick bewusst, dass nur Trixi am Steuer gesessen haben konnte.

Ich war so geschockt von dem Ereignis, dass ich nicht einmal schreien konnte. Zitternd eilte ich auf Miles zu der immer noch verkrümmt am Boden lag und sich nicht rührte. Vorsichtig drehte ich ihn um und sah, dass er aus Nase und Ohren blutete. Hier zählte jede Sekunde.

Ich wurde urplötzlich ganz ruhig, holte mein Handy aus der Jackentasche und forderte Krankenwagen und Polizei an. Nachdem mir bestätigt wurde, dass sofort Hilfe kommen würde, kniete ich mich zu Miles auf den Boden und sprach ihn ein paar Mal mit seinem Namen an. Ich betete, dass er noch lebte und dann sah ich, wie er seine Augen aufschlug und mich erstaunt anblickte.

„Kim, was ist passiert? Ich spüre meinen Körper nicht mehr."

„Du wurdest angefahren, Miles. Ich weiß nicht wie schwer deine Verletzungen sind. Du blutest aus Nase und Ohren. Ich habe Hilfe angefordert und diese ist bereits unterwegs. Bitte, bleib ganz ruhig liegen und bewege dich nicht unnötig", flehte ich ihn an.

„Nun hat mich Trixi doch noch erwischt. Kim, falls ich es nicht überleben sollte, hab ich die Kinder und dich bereits im Vorfeld abgesichert. Mein Notar wird sich unverzüglich mit dir in Verbindung setzen und alles veranlassen", gab er trocken von sich.

„Mein Gott, sei still!", schrie ich verzweifelt und brach in Tränen aus. „Ich will das jetzt nicht hören. Du wirst überleben. Bitte lass mich mit den Kids nicht alleine, Miles. Nicht jetzt, wo alles gut werden sollte."

Aus der Ferne hörte ich die Sirene des Krankenwagens

und hoffte, dass es noch nicht zu spät war, denn Miles verdrehte die Augen und stöhnte mehrmals auf.

„Kim ich liebe dich und bitte dich für all das, was ich dir in vergangener Zeit angetan hab um Verzeihung. Das Schicksal findet nun seinen Weg. Falls ich es nicht überlebe, versprich mir, dass du mit den Kindern ins Schloss ziehst. Ich möchte euch alle drei in meiner Nähe wissen."

Zwischenzeitlich war der Krankenwagen eingetroffen und der Notarzt eilte auf uns zu.

„Miles ich verspreche es dir. Nun sei endlich still und verausgabe dich nicht weiter. Der Notarzt ist bereits eingetroffen. Alles wird gut", gab ich von mir.

Der Arzt eilte auf uns zu und erkundigte sich bei mir, was vorgefallen war. Im Telegrammstil erklärte ich den Sachverhalt und flehte endlich zu handeln, da jede Minute zählte.

Der Arzt versuchte mich zu beruhigen und schob mich zur Seite, um sich Miles Verletzungen anzusehen. Im gleichen Moment begann Miles Blut zu spucken, schaute mich an, versuchte ein Lächeln und dann kippte sein Kopf in Zeitlupe zur Seite.

Ich schrie auf und eilte auf ihn zu. Die Polizeibeamten hatten Mühe mich zurückzuhalten, denn ich trat und schlug um mich wie von Sinnen.

Ich schrie Miles Namen und brach zusammen.

Ich erwachte in meinem Appartement und so nach und nach kam meine Erinnerung zurück. Bitte lass es nur einen Traum gewesen sein, schrie ich innerlich auf. Wusste aber, dass es diesmal nicht so war. Stöhnend erhob ich mich und machte mich auf den Weg in die Unteretage. Dort traf ich auf Kathy, die mich sofort in die Arme schloss und zu trösten versuchte.

„Es tut mir furchtbar leid, was da passiert ist, Kim. Du hattest einen schlimmen Nervenzusammenbruch und seit vier Tagen, lagst du apathisch und überhaupt nicht ansprechbar in deinem Schlafzimmer. Wie fühlst du dich denn?", fragte sie nach.

„Nicht besonders gut, Kathy. Ich komme mir wie in einem Alptraum vor und hoffe endlich zu erwachen. Warum kann in meinem Leben nicht einfach alles so verlaufen, wie bei anderen Menschen meines Alters. Hat man Trixi bereits gefasst oder ist sie noch auf der Flucht vor der Polizei? Apropos, Polizei. Ich muss noch eine Aussage machen, wie es zu dem tödlichen Unfall von Miles kam. Leider ging das noch nicht, weil ich umgefallen bin. Kannst du mich dann bitte dorthin fahren? Ich möchte alles so schnell wie möglich hinter mich bringen, um mich dann der Beisetzung von Miles zu widmen. Wie verhalte ich mich denn eigentlich? Muss ich mich bereits jetzt schon schwarz kleiden oder erst später? Oder gar nicht? Wir waren ja nicht verheiratet. Ich muss sofort in Deutschland anrufen, damit Stefan die Kinder nach Irland zur Beerdigung bringt. Dann muss ich mich außerdem um die ganzen Formalitäten kümmern. Miles hat ja keine Verwandten mehr vor Ort. Wurde Miles Leichnam eigentlich nach der Obduktion schon freigegeben. Bei Morden dauert das ja immer ewig. Kann ich ihn denn überhaupt noch mal kurz vor der Beerdigung sehen oder ist das gar nicht möglich?", fragte ich völlig konfus in Kathys Richtung und lief auf und ab.

„Kim? Geht es dir gerade gut? Wieso die Beerdigung von Miles? Ich versteh dich jetzt überhaupt nicht?", gab sie verwundert von sich.

„Wie du verstehst mich nicht?", fragte ich nach.

Kathy kam auf mich zu, zog mich in die Küche und

setzte mich auf einen Stuhl.

„Bevor du komplett durchdrehst, hör mir jetzt genau zu. Miles lebt. Er ist nicht tot. Zwar schwer verletzt und er schwebt noch in Lebensgefahr. Aber nicht tot. Miles liegt auf der Intensivstation und wurde in Koma versetzt. Er hat einen Schädelbasisbruch erlitten und leichte innere Verletzungen. Miles hat Glück gehabt und wird vollständig gesund werden. Nur braucht es seine Zeit", redete sie auf mich ein.

„Miles ist nicht tot? Wie?! Das gibt es doch nicht. Ich habe doch kurz bevor ich zusammengebrochen bin, deutlich gesehen, wie sein Kopf zur Seite fiel und er Blut spuckte", gab ich verstört von mir.

Kathy lachte auf. Sie erzählte mir ausführlich, was kurz nach meinem Zusammenbruch noch alles passiert war. Man hatte Miles noch vor Ort reanimiert und sofort im Krankenhaus operiert.

Obwohl sein Herz zweimal aussetzte, hatte er es geschafft und konnte am Leben erhalten werden.

Einem Besuch auf der Intensivstation würde somit nichts mehr im Wege stehen und ich konnte ihn jederzeit besuchen.

Ich heulte vor Freude und konnte mich gar nicht mehr beruhigen.

So nach und nach fiel die Anspannung von mir ab und ich würde nachmittags einen Besuch vornehmen.

Miles war am Leben und ich konnte es nicht fassen.

Das Schicksal gewährte uns eine Chance auf einen Neuanfang.

Ich fragte nach Trixi und Kathy berichtete mir, dass sie gefasst wurde und nun in Sicherungsverwahrung kommen würde.

Der Nachmittag nahte und ich beeilte mich, so schnell wie möglich ins Krankenhaus zu kommen.

Doc war auch vor Ort und bestärkte mich.

„Kim, es wird alles gut werden. Miles wird komplett genesen. Er war bereits schon wach, ist aber wieder abgedriftet. Das erste was er sagte, war dein Namen. Sprich mit ihm, auch wenn du meinst er hört dich nicht. Es dient seiner Genesung."

Als ich die Intensivstation betrat wurde mir anders zumute. Da lag Miles vor mir mit verbundenem Kopf. Zur Überwachung war er an lebenserhaltende Geräte und Schläuche angeschlossen. Ich schluckte und setzte mich zu ihm ans Bett. Er war leichenblass im Gesicht und ich ergriff zaghaft seine Hand.

Sie war kalt, wie ein Eisblock und ich erschrak.

Ich schaute Miles eine zeitlang ins Gesicht und schloss dann stöhnend meine Augen.

Ich ließ unsere Beziehung einmal ganz langsam Revue passieren. Ich wünschte mir am Ende der Geschichte, dass ab dem heutigen Tag alles anders werden sollte.

Als ich meine Augen öffnete, sah ich genau in die von Miles. Er blickte mich an und versuchte ein zaghaftes Lächeln.

„Kim, schön, dass du hier bist. Ich hätte nicht gedacht, dich noch einmal sehen zu dürfen", gab er leise von sich.

„Bitte streng dich nicht gleich so an. Ich bin froh, dass du noch am Leben bist. Wir haben eine neue Chance bekommen und sollten sie nutzen. Miles, ich liebe dich von ganzem Herzen."

Ich stand auf und küsste ihn zur Bestätigung auf den Mund. Er grinste und ich erzählte ihm, dass man Trixi sicher weggesperrt hatte.

Nach kurzer Zeit wurde Miles sichtlich müde und ich verabschiedete mich von ihm.

Meine täglichen Besuche, solange er sich auf der

Intensivstation befand, trugen schnell zur Genesung bei.

Stefan hatte die Kids zu mir nach Irland gebracht. Ich verkaufte mein Appartement und zog bei Miles im Schloss ein, was ich ihm aber nicht erzählte.

Es sollte eine Überraschung sein.

Nach zwei Monaten durfte Miles endlich nach Hause.

Ich freute mich und hatte für seine Ankunft bereits alles vorbereitet.

Kathy hatte die Zwillinge mit zu Owen genommen.

Sie hatte mir zugezwinkert und nahe gelegt, Miles an diesem Abend gebührend zu empfangen.

Ich wurde wieder einmal knallrot bis unter die Haarspitzen und dankte ihr.

Ich wartete in der Schlossküche ungeduldig auf sein Erscheinen.

Endlich war es soweit.

Miles erschien, zog mich liebevoll in seine Arme und überschüttete mich mit Küssen, die ich kaum abwehren konnte.

Er hob mich hoch und trug mich ins Schlafzimmer neben der Küche.

Ich protestierte und versuchte mich zu befreien.

„Schluss jetzt, Kim. Ich hab etliches nachzuholen und werde dir nun zeigen, wer hier das Sagen im Hause hat. Widerstand zwecklos", gab er grinsend von sich und legte mich aufs Bett.

„Aber Miles! Du wurdest doch gerade erst aus dem Krankenhaus entlassen. Du musst dich doch scho...", weiter kam ich nicht, da er mich regelrecht mundtot machte, indem er mich intensiv küsste.

Ich stöhnte, ließ es einfach geschehen, gab mich nur noch meinen Gefühlen hin und verschmolz regelrecht mit Miles. Als er mich dann irgendwann aus seinen

Armen entließ, bereute ich nichts.

Du kannst alle Stürme im
Leben überstehen,
wenn Du einen festen
Ankerplatz
im Herzen eines
Menschen hast.